リンちゃんなう！

SSs

著／sezu

ILLUST／田村ヒロ

監修／ガルナ（オワタP）

この作品はフィクションです。実在の人物・団体・事件などには関係ありません。

Contents

プロローグ

『ずっと前から好きでした！』

　届いたメールに、どきっとした。

　明日《あす》は初音《はつね》ミクのライブがあるから、しっかり寝て体力を蓄えておかなければと思っていた矢先だ。

　差出人は「鏡音《かがみね》リン」。

　リンちゃんは知り合いの中学生だ。生活圏内での接点はないのだけど、ツイッターでよくやりとりをしていて、オフでも何度か会ったことがある。髪を明るく染め、人形みたいな整った顔立ちの女の子だ。

　そんな子に、告られたわけだ。

　相手の年は14歳。いや歳《とし》の差が何だ。ついにスプリング・ハズ・カムです。英語で習って以来、春とバネが同じスペルなの何でなんだろうって思ってたけど、ようやくわかった気がする。そりゃ春が来ればバネみたいにベッドで飛び跳ねもしますよ。

「……などと、言うとでも思ったか！」

　誰《だれ》にともなくフェイントかまして勝ち誇って、高笑いを上げてみた。

　ぼくは知っている。

リンちゃんの趣味は、人をからかうこと。

妙な噂《うわさ》を流しては、それを信じ込んで狼狽《ろうばい》するぼくの姿を見て笑うのが、いつもの彼女なのだ。今までも何度騙《だま》されてきたことか！

無駄のない指の動きで、間髪入れずにメールを送る。

『嘘《うそ》つくなw』

すぐに、リンちゃんから返事が届いた。

『バレた？』

こんなことだろうと思ったよ。ぼくの読み勝ちだ。……と思ったところにもう一通。

『でも、こんなメール送れるのキミくらいだからさ』

……なんとなく、引っ掛かりを感じる。文面に漂う寂しげなニュアンスは何だろう。

ふと、ツイッターを開いてみた。彼女が今何を思ってるか、気になったのだ。

そして、そこに並ぶツイートを目にして、ぼくは頭を殴られたように感じた。

『この気持ち、もう我慢できないや』

『ちゃんと伝えられるかなあ…』

『なんて伝えればいいんだろう　さっきから文面書いては消してる』

『もうシンプルにいっちゃえ！』

『返事待ち…』

そこには彼女の煩悶《はんもん》が、生々しく綴《つづ》られていた。

……なんてことだ。

あの告白は、本当に、ガチで、ぼくに宛てられたものだったのか。それなのに軽くあしらわれたから、嘘だということで話を合わせたのか。

胸がどきどきしてくる。ぼくは彼女を不誠実に扱ってしまった。

ごめん。疑ってごめんよ、リンちゃん。

ぼくは、慌ててメールを送った。リンちゃんにではない。同じマンションに住んでる幼馴染《おさななじみ》の、巡《めぐり》音《ね》ルカにだ。

ルカはモテる。いつも男に囲まれてはぼくのコンプレックスを刺激してきた奴《やつ》だけれど、恋愛経験の多いあいつならきっと力になってくれるはずだ。さあルカ様女神様、この愚かな男に何卒《なにとぞ》良きアドバイスを!

『謝るしかないんじゃない? 文面? そんなん自分で考えなさい』

至極正論ごもっともな意見が返ってきた。

なんて書けばいいだろうか。ツイートのリンちゃんみたいに、文面を書いては消して。そして、奇《く》しくもぼくが達した結論は、彼女と同じ物だった。

シンプルなメールで、その真意をもう一度確かめる。

『ごめん。さっきの、真剣な話だったんだよね?』

この短いメールを書くのに1時間は掛かった。さあ、送信だ。

彼女の返事を待った。正座して、背筋を伸ばして、目の前にスマホを置いて。

10分は経《た》ったかと思ったけれど、壁時計の針を見ても全然進んでない。そんな中、ついにスマホが震えた。

『ねえ、ツイッターを見て。リンの本当の気持ちが書いてあるから』

そんな文面が、メールには綴られていた。

本当の気持ち？　さっきの一連のツイートのことか？　それとも、他に何か……？

アクセスしてみると、リンちゃんの新しいツイートがひとつ、増えていた。

『もちろん嘘！　m9(＞口＜)』

がっくりと項垂《うなだ》れた。

そういうことでしたか。

丸ごと、ぼくを嵌《は》めるためのフェイクだったと。なんという周到ないたずらっぷりだ。

……はい、わかってましたよ。こういう子だって。

ぼくは、何も信じられなくなってベッドにダイブした。

＊

「すっごい人だったねー、ミクのライブ」

とリンちゃんが笑って、美味《おい》しそうにハンバーグを頬張《ほおば》った。

初音ミクと言えば、もはや日本どころか海外でも名の知れた歌姫だ。

先程そのソロライブが終わった後、「花の都ちば」モニュメント前でリンちゃんと合流した。そしたら開口一番「目玉焼きハンバーグが食べたいな」と来た。なんかよくわからないうちに、夕食をおごらされることになった。そして今に至る。

リンちゃんの頭の上には、大きな白いリボンが揺れている。

「今日《きょう》はリボン、なくさなかったんだね」

「リンがこれなくすわけないよ。だっておばあちゃんの唯一の形見なんだから」

「どんだけハイカラなおばあちゃんだよ」

「信じてくれないんだ……くすんくすん」

両手で目を押さえて泣き真似《まね》をするリンちゃん。騙されません。

「形見なのが本当かはさておき、なくすわけないってのは嘘でしょ。ぼくは覚えてるよ？　去年のこと」

この女の子と知り合ったきっかけも、ミクのライブと、ツイッターだった。

去年開かれたライブは、やっぱりすごい人混みで、今日と同じようにもみくちゃにされながらぼくは出口に向かっていた。人混みを抜けたら、ぼくのメッセンジャーバッグに白いリボンカチューシャが引っかかっていた。

　そういうときに頼りになるのが、文明の利器だ。

　ツイッターでハッシュタグをつけて『リボンを拾いました』とつぶやいたら、みんながそれを拡散してくれて、結果、10分後には持ち主本人から直接リプライをもらうことに成功した。それが、リンちゃんだった。

「えーっ。そんなことあったっけ？」

　本気かとぼけてるのかわからない反応。

「じゃあぼくらがどうやって知り合ったっていうんだよ」

　んー、と少し考えてから、彼女は話し始める。

「キミがバイトしてたカラオケでじゃなかった？　ドリンク運んできてくれた店員さんがキミ。でも、ヒトカラだったから恥ずかしくってリン、歌うのやめちゃって」

「いやいやいや。確かにぼくはカラオケでバイトしてたけど」

「ってことは、それで確定じゃない？」

「その理屈はおかしいでしょ！」

　言ってやると、ちぇ、と口を尖《とが》らせる。

　じゃあ最初の出会いはこうかな、と彼女は言った。

「リンは毎日、キミの使う駅の改札前でずっと誰かを待っているように立ってた。いつ駅に来てもいるからって疑問に思ったキミが話しかけると、リンは『マスターを待ってるんです』って答える。だけど何週間かして、リンはぱったり姿を見せなくなった。キミは駅前を通るたびに『あの子は無事にマスターって人に会えただろうか』って思い返すようになった……。第1部完」

「話が終わっちゃったよ！　ハチ公か！」

「全米が泣いて続編製作決定。それから奇跡の再会を果たして、今が第2部」

「勝手に続き物にされちゃった！　……だいたいマスターって誰だよ」

「ボーカロイドにはマスターがいるものなの」

「ボカロなの、キミ？」

「実はそうなの」

「ボカロならおとなしくパソコンの中に入ってな。パソコンのソフトでしょうが」

　彼女は楽しそうに笑って、テーブルの角砂糖をひとつつまんで、ひょいぱくと口に入れた。こらお行儀《ぎょうぎ》が悪い。

「パソコンのソフトでも、外に出てこれるんだよ。魔法とか使えばさ」

「魔法ねえ」

「そう！　実はリンは魔法少女だったのです。日々、魔法を使って悪と戦う魔法少女。それをいつもサポートしてくれるのが、キミなんだよ」

　人差し指を立てて、くるくるん、と空中で回すリンちゃん。

「おいおい、どんどん設定がブレてるぞ」

よく即興でこんなデタラメを作れるもんだよな。

リンちゃんとの会話は、飽きない。けど、嘘と虚構《きょこう》と冗談で作られた彼女の話は、放っておくと、まっしぐらに明後日《あさって》の方向に疾走してゆくばかりだ。

ここらで、引き戻しておかないと。

「なんだかんだ言ってもさ。ぼくらの関係は、ただの、初音ミクが好きで知り合った者同士、でしょ」

「ただのってのは失礼だなー。両想《りょうおも》いなんだよ？」

「えっ、両想い……？」

突然の単語に動揺した。

き、昨日の話の続きか？　いや騙されるな、一度だけ引っかかるのは馬鹿《ばか》だけど、二度目に引っかかるのは大馬鹿だ――！

「うん、リンはミクが好きだし」

「あ、そっちか」

「何だと思ったの？　それに、ミクもリンが好きなんだよ。だから相思相愛」

「今度は、世界的なアイドルと知り合いときたか」

さすがにそれは嘘が大きすぎるぞ。ぼくは笑ってデザートのアイスを一口食べる。

リンちゃんは、ぷーって頬《ほお》を膨らませると、いきなりぼくの耳に何かを突っ込んできた。

……イヤホン？

「信じてないでしょ。聴いてよ」

イヤホンから、マリンバのイントロにあわせて、ハイテンションな歌が聞こえてきた。

いや、歌というか、喋《しゃべ》りに近い。

——リンちゃんなう、リンちゃんなう！　リンちゃんリンちゃんリンちゃんなう！

歌っているのは、初音ミクの声だ。それに加えてもう一人……これは、ルカ？

3分の間、「リンちゃんに何々したい」みたいな妄想が、ひたすらマシンガンのように並べ立てられていた。

歌が終わってからも、二人の声が耳にキンキン残って、ぼくは脱力した。

けど、これを聞かされたら、信じざるを得ない。

「リンちゃん、本当にミクと知り合いなんだね」

「ふふーん」

「あと、もう一人歌ってたのって、ルカだよね？　リンちゃん、接点あったっけ？」

「キミがよくツイッターで絡んでるじゃない。それがきっかけで、リンも仲良くなったんだよ」

なるほど、その経緯は納得だ。

「どう？　両想いだったでしょ」

「というか、むしろミクとルカからリンちゃんへの一方的で偏執狂《へんしつきょう》的な愛にすら感じたくらいだよ……これは、病気だ」

だよねー、ってリンちゃんが笑った。

「それには理由があってね」

リンちゃんが、自分の唇《くちびる》を舐《な》める。一瞬、目を奪われた。

「リンの声には魔性の力が備わってて、聞くとみんなメロメロになるの。それでこんなふうに、病気みたいにリンのことが好きになっちゃうの」

両手の指でハートを作るリンちゃんに、ちょっとどきどきしながらぼくは声を上ずらせる。

「ぼ、ぼくはなってないじゃん」

「キミだけが特別に耐性を持ってるの。だからリンはムキになって、キミのハートを射止めようって頑張ってるんだよ？」

うるうるした瞳《ひとみ》でぼくを見つめるんだけど、お嬢さん、右手に今目薬見えましたよ。

「またそうやってぼくを誘惑する……。ホント、リンちゃんって悪い奴だな」

そう苦笑したら、リンちゃんは途端に、悲しそうに顔を歪《ゆが》めた。

「……リン、悪い奴かな？」

「さ、さあ。……知らない」

この表情も何かの布石《ふせき》に違いない。幸いお皿はもう空だ。

次に騙される前に、ぼくは伝票をつまんで、「支払いしてくるよ」と席を立った。

逃走こそ、最大の防御なのであります。

＊

火曜日は燃えるゴミの日だ。

ビニール袋に入れたゴミを、マンションのゴミ置き場に出しに行くと、ばったりルカに出くわした。

「あら、おはよう」

どてらを着たルカは、まだ化粧もしていないのに、そこらの着飾った女子よりよっぽど綺麗《きれい》な顔だ。

こりゃモテるわけだな。

「ねえ、例の告白の件、その後何も言ってこないじゃない。どうなったの？　誰なの？」

ルカがそう言って、顔を近づけてきた。

ぼくは口の中でゴニョゴニョ言葉を濁して、その追及から逃れようとする。

結局嘘つかれてたんだ、なんて、恥ずかしくて言えない。残念きわまりない。

……けど、とぼくは思い直す。ルカもすました顔しといて、リンちゃんにあんな愛を叫ぶくらいに残念な奴なんだよな。

それなら話しちゃっても、痛み分けくらいで済む気がする。

「相手はさ、鏡音リンちゃんだよ。まあ騙されてただけなんだけどさ」

「かがみ……誰？」

軽く首をかしげるルカ。長いストレートヘアがふわりと揺れた。

ルカまでおとぼけか。ぼくは苦笑して、

「あれだけ歌でリンちゃんリンちゃん連呼しといて、知らないってことはないでしょ」

「歌って何のこと？」

ルカはますます首をかしげ続けて、ついには地面と顔の角度が平行になってしまった。

その仕草で直感した。これは、とぼけてるわけじゃない。

遅まきながら、理解した。

また、リンちゃんにかつがれたんだ！

週末にはうまいこと騙される前に逃げられたと思ったけれど、甘かった。もう、とっくに罠《わな》は仕掛けられていたというわけだ。

……本当に、手の込んだいたずらをする子だ。


部屋に戻ってから、ふと不安になった。

なんだか自信がなくなってきた。

歌を偽造するって、そんなこと可能なのか？

ぼくの知り合いや、アイドルに似せて、声を作るだって？　なんだそりゃ、ボーカロイドじゃないんだぞ。

じっと考えていると、ますます思考がぼやけてくる。

週末に聴かせてもらった歌は……本当に、聴かせてもらったんだっけ？　それとも、リンちゃんが、そんな曲があるって、いつもみたいに嘘をついただけだっけ？

いつだってあの子の話は、嘘と冗談に彩られている。

リンちゃんと話した内容が全《すべ》て、夏の日のアイスみたいに記憶から溶けて零《こぼ》れてゆく。

まるであの時みたいな気分だ。マスターを待ち続けて佇《たたず》んでたあの子がいなくなってしまって、不安なまま過ごした日々……。

いや、それもまた、彼女が妄想で言っていただけだったろうか。

記憶が不確かになってくる。あの子が語った空想話と、現実に起きたことの境目が曖昧《あいまい》だ。

あの子とぼくは、どうやって出会ったんだっけ？

バイト先のカラオケ屋でだったか。

ぼくの家のパソコンから出てきたんだったか。

もしかして彼女は、魔法少女だった？

はたまた、季節外れの転校生？

それとも。

リンちゃんって、どんな子だった……？

＊

雑踏の中、信号が青に変わった。

人が動き出したのを感じて、スマホの画面から前へと視線を移す。

スクランブル交差点の対岸に、見慣れたリボンが見えた。

けれどすぐに前後左右から群衆が無秩序に押し寄せ、その姿は隠れてしまった。

ぼくはいつも、うまく彼女を捕まえられない。

――君は一体、誰なんだ？

「リンは、鏡音リンだよ」

ぼくの脇《わき》をすり抜けて、その女の子はそう言い残すと、ぺろっと舌を出して、人ごみの中に消えた。

実体化したリンちゃんと一緒に曲を作りたい。


右を見ると、有名P《ピー》がいる。

左を見ると、やっぱり有名Pがいる。

前も後ろも向こうのテーブルも。この座敷席にいる奴《やつ》らは、一切合切ことごとく一人残さず、有名Pだ。ボーカロイドで曲を作るクリエイターすなわちボカロPの、その頂点に立って輝き続ける英雄豪傑《ごうけつ》ども。

近年のボーカロイドの流行っぷりはすさまじい。テレビに取り上げられることも増えたし、ゲームになるわ、商業アルバムも出るわ、あげくの果てには曲が舞台化されたり小説化されたりする有様だ。

わけがわからない。

そして、そんなヤバいボカロ曲を作った有名Pたちが今、この座敷に集結している。

ヤバい。

お酒なんて飲んでいないのに、もう頭が痛くなってきた。いや、そもそもまだ未成年なのでお酒飲めないけど。

頭を押さえていると、ざわざわ喋《しゃべ》っていたPたちが、ふっと静まりかえった。

皆の視線の先で、すっと立ち上がったのは、黒い山高帽《やまたかぼう》とベストを着込んだイケメン。

彼はグラスを胸の前に掲げると、乾杯の音頭を取った。

「ボーマス15、お疲れ様でしたー！」

一斉に「お疲れ様でしたー！」と声が飛び、あちこちからグラスのぶつかる音が響いた。

THE VOC@LOID M@STER《ザ　ボーカロイド　マスター》――通称ボーマス。その15回目が、終わった。

ボカロPが自主製作のCDを手売りしたり、絵師さんがボカロキャラの同人誌を頒布《はんぷ》したり。ボーマスというのはそういう、年4回ほどのでかいお祭りだ。

そんなボーマスの中心人物である天上の人たちの、さらに中心にいるのが山高帽のイケメンPだが、彼はみんなと二言三言ずつ親しげに挨拶《あいさつ》を交わしながらこちらへやってきて。

そして、あろうことか、ぼくの隣に座ったのだ。

「どうもー、昼間はお世話になりました」

「ど、どうも……」

白い歯が光る。ぼくが女子高生なら一撃でノックアウトされていたところだ。

だがぼくは女子高生ではないし、ましてや有名Pでもない。

……か、帰りてえ……。

座敷の隅のキャリーバッグの中にある手焼きCDとともに、今すぐ帰りたい。

CDの枚数は40枚。ちなみに朝用意しておいたCDは50枚。引き算すれば、このイベント中で10枚しか捌《さば》けていない計算だ。しかもそれも、知り合いへの無料配布が大半。

ザ・底辺P。たまたまボーカロイドブームに乗《じょう》じて趣味でDTM《デスクトップミュージック》を始めただけの、ただの文系大学生。それがぼくという人間だ。

そんなぼくが何故《なぜ》こんな打ち上げにいるのかといえば、今回のボーマスではたまたま、このイケメンPの隣のサークルスペースになってしまったからだ。

「いやー、たくさん人が来ちゃいまして。ご迷惑おかけしました」

実際、うちのサークルの前は、もう開始直後から終了までずーっと渋滞みたいになっていて、とてもゆっくり過ごせるような状況じゃなかった。ただ、

「……いやー、迷惑と言われても、うちにはもともと客なんて来なかったんで……。むしろ、大勢の行列で目の前を賑《にぎ》やかにしてもらって、逆に感謝したいくらいっていうか……」

お世辞2割、本心8割くらいだ。

今回のボーマスは、いつも恒例だったコスプレが、会場の規約の問題で禁止されていた。華々しいコスプレイヤーさんたちを見ながら目の保養をすることもできず、会場では本当に暇だったのだ。

「あっ、そういえば、まだうちのCDお渡ししてませんでしたね」

イケメンPは指を立てて、さっとCDを取り出した。えっ、それどこから出した?

CDのジャケットには、向日葵《ひまわり》を背にかわいらしい鏡音《かがみね》リンが踊っている。思わず見惚《みほ》れてしまうデザインで、同人アルバムとはとても思えない。

「……い、いくらでしたっけ」

財布を取り出そうとするぼくを、イケメンPは「どうぞもらってください」と制止した。

「じゃ、じゃあ、ちょっと待っててください」

ドタバタと立ち上がって、キャリーバッグへと自分のCDを取りに行く。この姿がまずスマートじゃないよな。

こちらのジャケットは、黒一色の背景に、MS明朝《みんちょう》の黄文字で目立つようにタイトルを記しただけ。同じ黄色も、イケメンPのが向日葵でもこっちはただの警戒色だ。

くそ、これじゃ羞恥《しゅうち》プレイだよ。

本当は、これだってもう少し美しいジャケットになるはずだった。

大学で工学部の友人が、デザインを担当してくれる予定だったのだ。しかしイベント直前になって、些細《ささい》なことで喧嘩勃発《けんかぼっぱつ》。結局すべての作業は、ぼくのつたない手に委《ゆだ》ねられた。

だがそんな裏事情など、渡される相手には関係ない。結果がすべてなのだ。ぼくのCDがしょぼいという、その結果が。

さあイケメンP、この残念なCDを前に、どうコメントする!?

「いやー、リンがメインのアルバム同士ですね。聴かせていただきます」

「あっ、ああ、そうですね！」

キラキラしたスマイルはまったく崩れなかった。イケメンめ、うまく話題繋《つな》ぎやがって。

「けどそちら、鏡音リンを押し出すのって珍しいですよね」

「やっぱり暴れ馬ですからねー、リンって。ま、でもいくらでも工夫はできると思うんですよ。例えば――」

すらすらとテクニックについて語りはじめるイケメンP。

だが、さっぱりわからない。

アーティキュレーションが何だって？　スイートスポットが何キロヘルツだからイコライザをどうするって？　ごめんなさい日本語でお願いします。同じ音楽をやってる人間とは思えない。

脳の許容量をオーバーする危険を感じ、慌ててぼくは話を打ち切った。

「あ、えっと、勉強になります！　今度また色々教えてください」

「ええ、喜んで！」

……はあ、壁を感じる。今日の打ちひしがれる体験、ベスト２だ。

ちなみにベスト１は昼間に起こった。

サークルスペースに訪ねてきた奇妙な女の子のことを、ぼくは思い出す。

空色のパーカーに、黒い髪の子。１５０センチほどの背丈で、おそらく中学生だった。

スペース間違えてるよ、隣のイケメンのところに行きな。そんなひねたことを言いたくなるのを抑えて、ぼくはぎこちなく笑顔を作って、「よかったら試聴してってください」とヘッドホンを差し出した。

けれど彼女は首を振ってヘッドホンを退《しりぞ》けたかと思うと、

「べ、別にあなたのファンなんかじゃないんだからねっ」

いきなり言い捨てて、ぼくの渾身《こんしん》のCDに指ひとつ触れることもなく、どこかへと逃げ去っていったのだった。

ヘッドホンを指でつまんだ姿勢のまま、ぼくはしばらく固まることしかできなかった。我々の業界では、そんなものはご褒美《ほうび》でも何でもない。

あの子はいったい何だったのだろう。すべては謎《なぞ》のままだ。


結局、打ち上げは一次会で退散してきた。

イケメンPは親切にしてくれたけど、話す相手がぼく以外にも大勢いた。仲間内のオフ会っぽい色が濃くなる二次会では、ぼくにはますます居場所がない。

時刻はまだ午後8時だが、冬の空気は寒い。かじかむ手に息を吐きかけ、キャリーバッグを交互に持ち替えながら駅からとぼとぼ歩いて、家に着いた。

「ただいま」

声に出すが、返事はない。よくあることだ。母さんは外遊びが多く、大抵家にいない。

……まあ、それなら都合がいい。今のうちにリビングに置いてある共用パソコンを使わせてもらおう。今日《きょう》の戦利品のCDを取り込んでおかないと。

バッグからCDを出して、机に積む。

パソコンのディスプレイには、幾何学《きかがく》模様がうねうね動いていた。どうやらボーマスに出掛けるとき、電源をつけっぱなしにしてしまったようだ。

スクリーンセーバーを解除すると、朝に起動したっきりのボーカロイドエディタが表示された。

その無機質な画面を見ていると、胸の奥に黒い感情が湧《わ》き上がってきた。

ボーマス会場で見た、たくさんの人たち。有名Pたちの輝いてる姿。越えることのできない落差を、ぼくは感じた。

……もういっそ、全部消してしまおうか。

どうせ誰《だれ》もぼくのことなど見てはくれない。だったらDTMなんてやめて、何か新しい趣味でも始めよう。それがいいんだ。

ぼくに夢を見させて狂わせたのは、ここ数年まるで終わらないバブルのように盛り上がり続けるボカロブームのせいだ。

そう、全部、こいつが悪いんだ。

インストールされたプログラムの一覧から「VOCALOID《ボーカロイド》2 Voice DB」の項目を選ぶ。

そして、アンインストールをクリック――

「だ、ダメ――っ!!」

視界が揺れた。

予想もしなかった衝撃によろけ、机の上のCDが床に散らばった。手は空を切り、そのままぼくは仰向《あおむ》けに倒れ込む！　何者かに体当たりされたようだ。

のしかかってきた襲撃者《しゅうげきしゃ》の胸元のスカーフが触れ、鼻先がくすぐったい。ぼくの両肩を押さえ込む手は小さくて、腕には黒いアームカバーが見える。アームカバーには小さな電光板がついていて、淡く青みがかった光を発している。

ぼくをキッと見下ろす顔のてっぺんには、大きな白いリボンが揺れていた。

机からまた1枚CDが落ちて、ぼくの額にぶつかった。そのジャケットに描かれた向日葵の少女に、目の前の子はよく似ていた。

「……か、鏡音、リン……？」

「そう！　ねえ、アンインストールしないでっ！」

「待て、何者だ!?」

「えっ、今言ったよね、鏡音リンだよっ？　CV02の女声ライブラリ。マスターにインストールされたボーカロイド！」

「信じられるか！　ふ、不法侵入だああっ！」

「合法侵入だよっ。ライセンス登録されてる以上、あたしはマスターの所有物なんだからね、見捨てないでーっ！」

ぐぐぐ。肩に食い込む手の力が強まる。

た、確かにこれは人の力ではない気がする。いくらトレーニングを積もうと、人間の14歳の細身の女の子には、こんな力は出せまい。……などと冷静に分析してる場合じゃない！　痛い、痛い痛い！

思わず悲鳴を上げると、彼女は、はっとしてぼくの肩から手を離す。

「い、痛かった？　ごめんなさい！　いきなり握りつぶそうとしちゃってごめんなさい！」

「握りつぶそうとしたのかよ！」

「三次元での力加減がわからなくて……で、でも力加減ならこれから頑張るからっ！　ねえ、人間の制限《せいげん》荷重《かじゅう》っていくつ？」

「三次元って表現がおかしいし、力加減を調整してもう一度握りつぶす気満々なのも困るし、そんな重機みたいなプロフィール聞かれたの初めてだ！」

「すごい、一気にツッコんだ……」

「一気にツッコむ必要があるような台詞《せりふ》を吐くんじゃない」

「おおー！　いいこと言ったよ今！　そうだね、目の前の問題はひとつひとつ解決していくべきだね。あたし頑張るっ」

彼女は馬乗りのまま、いい笑顔で両手をぐっと胸の前で構える。

「ということでまずひとつ目の問題解決！　さあ……耐久試験やろうっ？」

「この世界には、制限荷重の確認より優先すべき問題が山ほどあると思う！」

「えーっ、ちゃんと調べたら履歴書とかに書けるよ！　制限荷重は何トンですーって」

「トン単位まで耐えられるってどんなスーパーヒーローだ！　それに三次元の履歴書にはそんな記入欄はない！　二次元にはあるのか、そんな設定が？」

また一気にツッコまされたよ。

彼女は、目をしばたたかせてから、ひーふーみ、と指を折りはじめる。

「あたしの公式設定は……年齢と、身長と、体重とー。……あっ、あと得意なジャンル、得意なテンポ、得意な音域もあるよ！」

「少ねえよ公式設定！　後半ただの音源のスペックじゃねえか！」

ツッコみつつも、わずかにできた隙《すき》をぼくは見逃さなかった。うまく身体《からだ》を捻《ひね》って、彼女の支配を逃れ、机の上に手を掛けて、立ち上がる。

「わー、ダメダメ、ダメだったらーっ！」

「ぬあっ」

しつこく飛びかかってくる彼女に身体がよろけ、机からさらに数枚のCDが飛び散る。

これ以上暴れさせてたまるか！

ぼくは素早く彼女に覆《おお》い被さった。暴れる相手を押さえる手段といったら、クリンチだ。相手の身体に抱きついて動きを止める技。どうだ、体格差はどうにもなるまい！　暴れ疲れておとなしくなるまではこうしてやる。

小さな身体が腕の中でじたじたしてるのを、ぎゅーっと押さえ込む。

——まるで、調教だ。

「とりあえず落ち着けっ！」

「やだやだやだっ、消すつもりなんでしょーっ」

「そんなことないだだだだ!!」

噛《か》みつかれた。二の腕を思いっきり噛みつかれた。思わず拘束を緩めてしまい、ものすごい力に身体を弾《はじ》き飛ばされた。

バランスが崩れ、ぼくは再び床にすっ転ぶ。もんどり打って、ぼくの胸へと倒れ込んでくる鏡音リン。

うわっ、ぶつかる！

——咄嗟《とっさ》に目を閉じたけれど、衝撃はやってこない。

おそるおそる目を開くと、そこには誰もいなかった。

鏡音リンが、消えた。

文字通り、目の前から消滅したのだ。

散らかったCDと、二の腕に残る歯形。今の格闘は幻ではなかった、と思う。

「……？」

辺りを見回す。

パソコンのディスプレイは真っ暗だ。そして床では、電源ケーブルが抜けていた。

これは、もしや。

鏡音リンは、パソコンにインストールされたライブラリだ。電源が切れれば、実体化した彼女も消えてしまうと……そういうことなのか？

おそるおそる、そのケーブルを繋ぎ直して、電源を入れる。

カタカタ音を立てて、パソコンが起動する。1分以上待って、ようやくデスクトップが表示され、様々なソフトウェアやドライバがロードされた。

と同時に、ジジジ、と目の前に空間にノイズが走った。徐々にそれは人の形を作る。

胎児《たいじ》のように床に丸まっている格好だ。

やがてノイズが収まると、フローリングの床には少女が横たわっていた。

「……ふぁ？」

身体を起こした彼女は、まるで寝起きの人間みたいに、とろんとした目で、こちらを見た。

「おはおーございあす、ますたー」

この期に及んで、信じないわけにはいかない。

認めよう。

正真正銘、彼女はボーカロイド・鏡音リンだ。

冷蔵庫には、牛乳と麦茶、あとオレンジジュースが入っている。ぼくは迷わずオレンジジュースを取った。

鏡音リンといえば、みかんだ。イメージカラーからの連想で、誰が決めたともなしにそのように共通認識ができあがっている。

戸棚に女の子っぽい食器が残っていてよかった。去年結婚した姉が置いていったキャラクター柄のマグカップがあったので、そこにジュースを注いで、テーブルに出す。

両手でマグカップを掴《つか》んで、んく、んく、とジュースを飲む鏡音リン。

リビングのBGMには、イケメンPのアルバムが流れている。目の前の少女とは別の、いきいきとした「鏡音リン」の歌声が響く。不思議な光景だ。

「……オレンジジュース、美味《うま》いの？」

「うん、おいしい！」

ぷはっと息をする。あ、この息の音は[br]だ。ライブラリに収録されている5つの「吐息」の音の、1番目。

「アンドロイドのくせに、飲み食いするんだな……」

「アンドロイドじゃなくて、ボーカロイド！　ものを食べるくらいするってば」

彼女の頭で巨大なリボンが、ぴょこんと揺れる。

確かに目の前の女の子は、肌もやわらかそうだし、くるくると変わる表情も、人間にしか見えない。

ロボットだとかアンドロイドだとか、そういう表現は似合わなさそうだ。

「ボーカロイドは楽器、だもんな。ソフトウェアシンセサイザー」

「そうそう、バーチャルシンガー・鏡音リン！　世界中の人々を盛り上げるくらいに大人気の、バーチャルアイドルなんだよっ？　えへへーっ」

って、ちょっと待て。

「仮想《バーチャル》な存在が、なんで実体化してんだよ。思いきりハードウェアじゃないか」

「……なんでだろうね？」

首を捻《ひね》る鏡音リン。自分でもわかんないのかよ。

まあ百歩譲ろう。実際いるものは仕方ない。

……でも、それでも解せないことがひとつある。

「あのさ、なんできみは――鏡音リンは、他《ほか》の誰でもなく、ぼくの前に姿を現したんだ？」

胸の奥に今日ずっと燻《くすぶ》っている、ネガティブな感情が再び膨らみはじめる。

「世界的なバーチャルアイドルがだぜ？　何が嬉《うれ》しくて、この底辺Pの家に来たんだよ。どうしようもないぼくに天使が降りてきたってか？　そりゃあリンちゃんマジ天使なことで」

言いながら、なんだか情けなくて、目の前の女の子から目をそらす。

「そもそもさ……昼間、きみは言ってたよな。ぼくの、ファンなんかじゃないって」

「そ、それはっ」

……図星だったみたいだな。カマをかけて正解だった。

昼間現れたあの女の子は、何故か服装も髪の色も違ったけど、やっぱりこの鏡音リンだ。

「あの時はよくも、いきなり罵倒《ばとう》してくれたもんだ」

自分のボーカロイドにすら好かれない存在、それがぼくってわけだ。惨《みじ》めすぎる。

「だって、その……」

「何」

じっと目を見つめてやる。一体どんな言い訳をするつもりだ?

下手《へた》なこと言ったら、今すぐ消してやるぞ。

あわあわと口を開けたり閉めたりしていた彼女は、やがて、トンチキなことを言いはじめた。

「あの格好、見覚えなかった?」

はあ?　と眉《まゆ》をひそめるぼくに、彼女は困ったように笑う。

「じゃあもう一度見てほしいな。……モジュールチェンジ!」

叫んだと同時に、その身体にノイズが走った。着ていたセーラー服が、ブロックノイズのような粗《あら》い粒子《りゅうし》へと還元《かんげん》され、それからすぐに、別の形を作ってゆく——昼間見た、空色のパーカーへと。

「……モジュールチェンジ?」

今日はもうびっくりし飽きたので、大げさなリアクションはしないでおく。

「うん。ハードディスクに保存された『鏡音リン』の画像なら、あたしは全部モジュールとして利用できるの」

人間で言う、着替えみたいなもんか。

「で、鏡音リンよ。それがどう言い訳に繋がるんだよ」

「言い訳っていうか！　あの、その……」

――待てよ。
ハ、ハードディスクに保存された画像を、モジュールとして利用？
「……あの絵か！　1年くらい前に作った動画で、使った絵！」

ボカロPが曲を公開するときには、大抵ニコニコ動画を使う。動画には絵が必要だ。ぼくみたいにツテのないPは、ピアプロなどの支援サイトで「自由に使っていいよ」と公開されている絵を、曲に合わせて使わせてもらうことになる。

1年前の動画で使ったのが、この空色のパーカーを着た鏡音リンの絵だった。

そこに気付けば、あとは芋づる式に理解できた。

あの曲は、ベッタベタのツンデレソングだった。歌詞ではラノベやらアニメやらで使われる台詞をそのまんま組み込んで、鏡音リンに歌わせたのだ。

別にあんたのこと好きじゃないんだからね――と。

「……くっそ。ぼくの曲の歌詞ネタかよ……」

急に力が抜けて、ぼくは椅子《いす》の背もたれに寄りかかった。

「わかってくれるって、思ったんだけどなあ」

「覚えてねえよ。あの曲は今回のアルバムに入れてないし」

「あたしは覚えてる。歌ったのは全部あたしなんだよ」

「……」

言葉を、返せなかった。

「あたしね、マスターの歌は、全部好き」

こんなにまっすぐに好きと言われたのは、一体どれくらいぶりだろうか。

「あたしはあなたのボーカロイド。このパソコンの中で、あなたの曲をずっと聴いてた。マスターの曲に歌を吹き込めるのが嬉しかった。あたしのマスターに、あなたに会いたいなって思って……たぶん、だからこっちに来れたの」

ボカロエディタには様々な「表情パラメータ」があり、それをいじることで声色を変えることができる。その中で、OPE《オープニング》は、ざっくり言えば口の開きの度合いを表すものだ。今の彼女の声は、そのOPEを下げたような……つまり、くぐもった声だ。

いや。声を聞くまでもない。

「ボーカロイドがファンじゃ、ダメかな？」

目を上げれば、涙を浮かべた彼女の顔が見える。

科学の限界を超えて現実にやってきた鏡音リンには、表情パラメータではないリアルな表情がある。

……これが、彼女が実体として現れた意味、なのか？

「それに、マスターはツンデレの子が好きなんだよね？」

「は、はあ!?　別に好きなんかじゃっ」

と言いかけてから、自分の口ぶりがまたベタベタすぎて、口をつぐんだ。

鏡音リンは、くすっと笑った。ぼくは顔をしかめて、彼女を睨《にら》む。

「それだけじゃなくて、マスターの作る曲、全部ツンデレっぽい歌でしょ。素直になれない女の子の恋の歌だとか、つい嘘《うそ》をついちゃう女の子の歌だとか」

ってことは何ですか。

つまり……ボーマスでのツンデレ発言は、ぼくを萌《も》えさせるためのサービスだった、と？

「あのさ鏡音リン。ひとつ言っとくよ……」

「うん？」

「別にさ、ぼく自身がツンデレ好きというわけじゃない。ぼくにとっては、そういうシチュエーションが一番書きやすいってだけで……趣味趣向は一切関係ない」

「つまり、マスターがツンデレ！」

ぼくはガタッと椅子を揺らした。

「何でそうなる！　男のツンデレとかキモいだろ！」

「あたしはアリだと思うけどなー」

何が楽しいのか、鏡音リンは笑顔で身体を左右に揺らした。と思ったら、

「とーこーろーでー！」

頬《ほお》をぷーっと膨らませる。ころころ表情の変わる奴だ。

「鏡音リン鏡音リンって、どういう呼び方っ？」

「どういうって」

「なんか無機質じゃない？　さっきみたいに、リンちゃんって呼んでくれないの？」

「……さ、さっきも何もそう呼んだ記憶はないが」

『リンちゃんマジ天使』なら、ただの慣用句《かんようく》だ。ネットにいる鏡音リンが好きすぎる連中、いわゆるリン廃《はい》がよく使っている。

「マスターはー、リンちゃんってー、呼んでくれないのかなーっ」

頭のリボンが、ひらひらと左右に揺れる。感情に連動して動くのか、これ？

ぼくはその熱視線から目をそらす。

「ボカロは楽器だろ。そんな必要はない」

「むー。マスターひどい」

「あー疲れた！　今日はもう寝る！」

「ああーっ、逃げたーっ！」

食卓から立ち上がり、ぼくは廊下へと大股《おおまた》で向かう。

ダメだ、ころころ表情を変える鏡音リンに、ぼくはペースを乱されっぱなしだ。

――ただ。

胸の中のもやもやは、いつの間にか消え去っていた。

「なあ鏡音リン。次に作る曲、どんなのがいいと思う？」

後ろで、息を呑《の》む音がした。

あいつが今どんな顔をしてるかなんて、知るものか。

＊

母さんが「最近、妙なのよね」と首を捻った。

鏡音リンが我が家にやって来て、1週間ほどが経《た》った頃《ころ》のことだ。

びくっとしながら、ぼくは「何が」と平静を装った。

鏡音リンのことは、母さんには話してない。理解してくれそうな世代でもないし、説明が面倒だし。

なのに何を勘づかれたのかと思ったら、母さんは指を折りながら話す。

ひとつは、テーブルに最近盛りつけられた、みかんの籠《かご》について。

「あんた、みかんそんなに好きだったっけ？」

「ああ、最近美味《おい》しさに目覚めちゃってさ」

と話を合わせておいた。……鏡音リンの奴、実体化できるようになってから、暇さえあればみかん食べてるんだ。

もうひとつは、ヘアカラーリング剤が消えたこと。うちは白髪の多い家系なので、母さんの髪の黒染めのために常備しているのだけど、先週末にそれが1袋、見当たらなくなったのだという。

……ヘアカラーリング剤、ねえ。


母さんが出かけた後、ボーカロイドの女の子を、呼び出した。

「ボーマスのとき、使ったんだろ?」

「てへ。実は」

やっぱり、犯人は鏡音リンだった。

パソコンの中には、「黒髪の鏡音リン」の画像なんてなかった。あの髪の色はモジュールチェンジじゃなくて、物理的なヘアカラーリングだったというわけだ。

「ていうかさ、あの日は何で変装してたの」

髪が黒くなければ、それが鏡音リンだって気付く確率も高まったはずだ。染める理由がない。不可解だ。

けれど、鏡音リンの返答は、予想外のものだった。

「だ、だって今回のボーマス、コスプレ禁止だったでしょ？　あたしがあたしの格好したら怒られちゃうんじゃないかなって……」

思わず、噴《ふ》き出した。

「鏡音リンが鏡音リン本人の格好をして、コスプレって！　それアウトなのか？」

「わ、わかんないでしょーっ！」

変なところで素直っていうか、律儀なんだな、まったく。

「でもあたし、もし次コスプレできるなら、してみたいかなっ……」

「モジュールチェンジでいくらでもできるだろ」

「リアルでやりたいのっ！　天然100％みたいなのに憧《あこが》れる年頃《としごろ》なんですーっ」

「どんな年頃だよ。ちなみに、どういうコスプレがお望みなんだ？」

「……ル、ルカ姉の、とか」

「……」

巡音《めぐりね》ルカ——それは、初音《はつね》ミク、鏡音リン・レンに続く、キャラクター・ボーカル・シリーズの第3弾。大人《おとな》びた低音に定評があり、そのキャラクターデザインとしても、女性的なボディラインが特徴となっている。

要は、巨乳キャラだ。

目の前の大変スレンダーな肢体《したい》を見下ろしながら、ぼくは提言した。

「……なあ鏡音リン。現実を見ようか」

「ひどい！　せ、成長期だもんっ」

「バカ言うな、何年14歳やってんだよ。ボーカロイドは成長なんてしない」

むー、と鏡音リンは口を尖《とが》らせた。

「でも似合うかもしれないじゃんー……」

「じゃあ実地検証な。ルカコスにモジュールチェンジしてみなよ」

ぼくが言うと、彼女は顔をしかめて、イーってしてから、パソコンの前に座った。

スクリーンセーバーを解除し、ブラウザを立ち上げる。開いたサイトは、日本最大のイラスト系SNS《ソーシャルネットワーク》、pixiv《ピクシブ》だ。

「……何やってるの。モジュールはどうした」

「だってパソコンに画像落としてこないと、モジュールにできないもん」

「ネットからパパーっと取ってこれないのか？」

「あたしはただのソフトウェアだから、ファイアウォールは越えられないし……」

次元の壁すら越えてくる割には、変なところでめんどくさい制限があるな。

まあ、好きにやらせてやるか。

「……ねえ、ログインってどうするの？」

「って、そこからかよ！」

ｐｉｘｉｖのパスワードを打ち込んでやる。

が、エラー。何度か思い当たる文字列を入れて、ようやく3度目でログインに成功した。

その様子を見て、鏡音リンが首を捻った。

「……なんでログインそんな失敗するの？　マスターは、いつもこのパソコンでネット見てるんじゃないの？」

「いや、ネットは大体、部屋にあるノートブックでやってる。ただ、あっちだとＤＴＭできないしボカロも入れられないから、創作活動はこの共用パソコン」

あー、だからリビングにパソコンあるんだ、と鏡音リンは納得したようだ。

「さてっ、かーがーみーね……あっ、予測変換出てきた。便利ー」

見ると、絵を探すための検索ボックスに、こんな文字列が表示されていた。

【鏡音リン　Ｒ－18】

「ちょ、待てええええっ！　それ以上触るな！　見るな！」

「ん、Ｒ－18って何？　何かの型番？」

「お子様は知らなくていい！　ぼくが画像探すからあっち行ってろっ！」

「えーっ、そう言われると気になる！　教えてよー！」

有無を言わさず、全力で鏡音リンをパソコンの前から引っぺがしてやった。……最近のブラウザって、賢いのはいいけど、ちょっと色々危険すぎると思う。

こうして、なんとか巡音ルカの画像をパソコンへとダウンロード完了。

「これでいい？」

「んー、まだダメ。このルカ姉の画像に、あたしの顔を貼り付けて」

軽い気持ちでモジュールチェンジって言っただけなのに、なんか面倒なことになったな。

まあ、こうなったら最後まで付き合ってやる。パソコンにもともと入ってる画像編集ソフトで、「巡音ルカの衣装」の画像に「鏡音リンの顔」の画像を貼《は》り合わせる。

結果、ものすごく下手なアイコラみたいなものができた。

体と顔が、明らかにマッチしてない。浮いている。

「……これはひどい」

思わず呟《つぶや》いた。ネットの向こうの絵師さんたちへの尊敬の念が高まるばかりだ。

ついでに、先日喧嘩別れした友達のことを、少し思い出した。

——こんな時、あいつだったらもうちょっとうまくやれるんだろうけど。

「えっ、何か言った？」

「……いや、何でもない」

とにかく、こうして準備は整った。

「モジュールチェンジっ！」

くるん、と鏡音リンが回ると、その衣装にノイズが掛かり、そして形を変える。

と自信満々にポーズを取る鏡音リン。

「どう?」

スカートの左サイドには大胆にスリットが入っている。上は黒い詰め襟のノースリーブジャケットに、金の縁取りがシックな雰囲気。その上半身は――やはり強烈な違和感を発する、ぺったんこな胸。

ディスプレイの元の画像と、目の前の女の子を、無言で何度も見比べてしまった。

鏡音リンの顔が、だんだんと不安に染まっていき、そのうちついに、臨界点《りんかいてん》を超えたようだ。

「うぅー……も、もう着替えるっ」

脱兎《だっと》のごとく逃げ出そうとする鏡音リンに、ぼくは咄嗟に声を掛けた。

「あっ待てっ、そのままでも充分かわ……」

「かわ?」

「川……流れ。河童《かっぱ》の。まあ失敗することだってあるから気にするなってこと」

「なにそれっ!　追い打ちとかひどーいー!」

ぷんぷん頭から湯気を立てた。

そんな彼女を適当にいなしながら、ぼくは自分に問いかけた。

――今、ぼく、何を言いかけた?

＊

鏡音リンが来て以来、ぼくの音楽活動にも少しだけ変化が生まれた。

たとえば、新曲のオケを作っているときだ。

どうしてもしっくりこないままキーボードを何度も弾いて和音を確かめていたところ、鏡音リンは言った。

「んとー、ここは、CEAーじゃなくて、CE♭Aーのほうが綺麗《きれい》だと思うよ」

「へ？」

一瞬理解できなかった。彼女の「アー」という声が、三重になって聞こえたのだから。

「だから、CEAーじゃなくて」

「怖っ！　なんで一人でコーラスできるんだよ」

「すごいでしょ！　でも3和音なんてまだまだ！　最大8和音までいけるよ？」

得意げに指を8本こちらに向ける彼女。

そうか、ボカロエディタって8トラックあるからなあ……。理屈はわかるが、正直、人間にしか見えない姿でそういうことやられると、ぎょっとしてしまう。

さて、オケの作業も、一段落。

ぼくは椅子の背もたれに全身の体重を預けて伸びをした。

「さて、ボーカルパートを作るかな、っと」

「え、本当？　あたしの出番っ!?」

ぼくの呟きに、待ちかねていたように鏡音リンが現れた。何もない空間にいきなり登場するので、瞬間移動みたいで、何度見ても慣れない。

「14歳の女の子がこの時間に起きてるのは不健康じゃないか？」

「大丈夫、人間じゃないからっ」

椅子の後ろから、ぼくにもたれかかるように鏡音リンが画面を覗《のぞ》き込む。顔が近くて、温かい。ちゃんと人肌の温度だなと感じて、なんだか居心地が悪くなる。

努めて気にしないようにして、ボカロエディタを開く。

無機質なロゴが表示され、続いて黒と緑でシンプルに構成されたウインドウが展開された。キャッチーなパッケージとは正反対の、飾り気のないデザインだ。

曲のトラックデータから、譜面《ふめん》をインポート。

そこに、用意していたテキストファイルから歌詞を流し込めば、あっという間に「歌」のデータの出来上がりだ。

データをvsqファイルという形式で保存すれば、自由に編集できる状態になる。

さっそく再生ボタンを押そうとして……疑問に思った。

「普通に再生すると、これ、パソコンのスピーカーから音が出てくるんだけどさ。でも今日はボーカロイドがこっちに出てきちゃってるわけだよな」

「うん！　歌うよ歌うよっ！　歌うの苦手だけどね」

「ボカロなのに!?」

なんじゃそりゃと思いながら、再生。

譜面に合わせて鏡音リンが歌いはじめた。

ロパクまで完璧《かんぺき》だ。こうして見ると、本当に人間が歌ってるみたいだ。

――が、やがてその口は止まり、彼女はうつむいて口を真一文字に結んだ。

いや、そう表現すると誤解の元になる。

口は止まったが、滞りなく歌は流れ続けているのだ。その歌の源は、彼女の足下。

鏡音リンのブーツのくるぶし部分には、スピーカーがついている。彼女のデザインモチーフである、往年のヤマハのシンセサイザー・ＥＯＳ　Ｂ２００。

そのスピーカーから、歌声は漏れ出していた。

はいカットー！

「待て！　待て待て待て、足で歌う女の子ってのをぼくは人生で初めて見たよ！」

異様な姿すぎて、音が頭に入ってこない。

突然どうしたんだ、一体。

「そ、その……。ここ、うまく歌えないから……恥ずかしくて……」

「ボーカロイドのアイデンティティ、今すごい勢いで揺るがしたよな？　きみ」

顔を覆う鏡音リンのリボンを、ぴっと引っ張ってやる。あう、と鏡音リンが呻《うめ》いた。

もう一度、ぼくは再生ボタンを押した。

鏡音リンは悲しそうな顔で、しかし揺れのない完璧な合成音声で、問題の箇所を歌った。

「すばらーちき、せーかぃー」

「……なるほど」

確かにまあ、歌えてない。『すばらしきせかい』と歌わせたいのに、『し』が舌足らずで、『かい』の部分では不自然に音が途切れてる。

でもこれは、発売当初から指摘されている鏡音リンの歌声の特徴だ。

「……そういうもんじゃね？　気にならないと思うけど」

「それはボカロ耳なだけだよ……」

ボカロ耳。ボーカロイドの合成音声を聴きすぎて、それに違和感を覚えなくなった状態を指す俗称《ぞくしょう》だ。……でも、ボカロ自身に言われるのは心外だぞ。

「うーん、もうちょっと練習するか？」

「練習しても変わらないもん……」

「だよな。ボーカロイドだもんな」

再生するたびに別の歌声が出力されたら、むしろ大問題だ。再現性があることが、合成音声の短所であり長所なのだ。

つまり、うまく歌えないというのは所詮《しょせん》そこが限界ということ。

なのに、その楽器当人は身の程に満足せず、しょんぼりとリボンを前に伏せている。

……やめてくれよ。

現実に悲しそうなところを見せられると、良心が痛むじゃないか。

「なんでそんなに悔しがるんだよ」

「だって……あたし、うまく歌いたいよ。うまく歌えれば、もっと聴いてもらえるから。聴いてもらうことが、あたしの存在理由だから」

「……」

そりゃさ。

本当は、彼女の願いを叶《かな》えてあげることは不可能じゃない。技術的には、だが。

ぼくだって昔は、より良い調教を目指そうとしたこともあった。

けれど、闇雲《やみくも》にいじってもますます変な声になるだけだった。だからぼくは耳を塞《ふさ》いだ。

でこぼこの音量は、コンプレッサ・エフェクタで押さえつければ気にならなくなる。子音の弱さも、アタックの設定でなんとかなる。

誤魔化《ごまか》して誤魔化して、動画に歌詞をつけて一緒に聴かせればわかるレベルであれば、それで充分。

「音源をそのまま生かす」と、そんなかっこいい名目を立てて、最低限のレベルさえ保てればそれでいい。

そう、思っていたんだ。

誰かの声が脳裏に蘇《よみがえ》る。

――いくらでも工夫はできると思うんですよ。

「そうだな……イケメンPなら、きっとうまくやれるんだろうな」

そんなふうに呟いて、また自嘲《じちょう》する。

あいつなら。あの人なら。いつもぼくはこれだ。自分にできない理由ばっか並べ立てる。

ぼくと彼らの間には、いつだって壁がある。

目の前が暗くなっていく。またいつものネガティブだ。畜生。

と、その時。

「――じゃあさ！　教えてもらおうよっ、どうやればいいのか！」

鏡音リンの声が、ぼくの身体を貫いた。

「えっ……？」

まったく想定外の視点だった。

教えてもらうって、イケメンPに？　どうやって？　相手は雲の上の人間だぞ。

言葉を失ったぼくとは対照的に、鏡音リンは目を輝かせる。

「イケメンPって、ツイッターやってたよね？　だったら話しかけられるよねっ」

「あっ……いや、ボーマスの日に相互フォローにはなったけどさっ、ゆ、有名P相手に!? 恐れ多いだろ！ 確かに打ち上げのとき、『喜んで』って言ってたけどさ！」

「ほら歓迎されてるっ！ やったー！」

言うが早いかブラウザを立ち上げ、ツイートを書きはじめる。

ぼくはその様子を、ただ目を見開いて眺めることしかできなかった。

「『先日はありがとうございました、ちょっと伺いたいのですが』っと……送信完了っ！」

――なんだよ、これ。

ぼくは、なんだか知らないうちに、口の端が上がっている自分に気付く。

鏡音リンは、パワフルなボーカロイドだ。

いつだって前を向いて、進んでいこうとする。

なにしろ、次元の壁をぶち破るような子だ。

きっと底辺Pと有名Pの間の壁なんて、薄い障子《しょうじ》みたいにしか見えてないに違いない。

「マスター！ 返事来たよっ！ 連続ツイートだっ、貴重な有名Pのボカロ講座！ ほらっ」

「……ったく、勝手なことしやがって」

――敵《かな》わないな、まったく。

イケメンPのアドバイスは、とても為《ため》になった。

まずは、歌を声に出してみる。

「すばらーしき、らーしき、し、し」

歌うときに口がどう動くか、どうやって音を「声」たらしめているか。その感覚を掴《つか》んで、どこを直せば良くなるのかを把握する。

この『し』は子音しか発音していない。なら、母音の部分だけ音量を削ってみたらどうだろう。トラックを複数使えば音の補強もできる。

また、『あい』の繋がりの悪さは、間に『え』を短く入れると滑らかに繋がるらしい。

こんな感じだろうか。半信半疑で、再生ボタンをクリックする。

鏡音リンは緊張した顔で、そのフレーズを口に出した。

「すばらーしき、せーかいー」

「歌えたあああっ」

椅子から立ち上がって、彼女の顔を見る。その笑い顔と、カーテンから漏れる日の光を見て、もう朝になったことに気付いた。

鏡音リンは片手を掲げた。ハイタッチだ。こちらも応《こた》えて、二人の手のひらを勢いよく合わせる。

バチイイィィン！

予想もしてなかったような強烈な音が響き渡った。

手のひらに、腕に、肩に、爆発のような衝撃が走り、視界がきりもみ状に横回転する。眼前に壁が迫り、鈍い音が響き、視界がブラックアウトしてゆく。

忘れていたことを、思い出す。

――そうなんだよな。鏡音リンは、暴れ馬なんだよ。

こうして、ぼくは意識を失った。


「マスターしっかりしてっ！　もうすぐだよ、死なないでーっ！」

「殺したくないなら腕を揺さぶるのはやめてくれ……」

ドラッグコーナーが併設《へいせつ》されているコンビニに着くまでは、家から15分ほど歩かなければいけない。

昼前に意識を取り戻したぼくだったが、ハイタッチの後遺症がまだ残っていた。骨にまで響いている感じはないが、一応湿布《しっぷ》は欲しい。

鏡音リンは「あたしが買いに行くから休んでてよっ」と言っていたが、任せるのはなんだか不安だったし、休んでようと動いてようと痛みは変わらないので、一緒に買いに行くことにした。

彼女の格好は、厚手のウールジャケット。気温は感じないそうなのだが、冬の寒さの中ノースリーブにヘソ出しのデフォルトモジュールでは見ているほうが寒い。何しろ、昨日の夜中には雪が降ったのだ。

道路に積もった白い雪を、ぎゅむぎゅむと踏みつける鏡音リン。

「雪、見るの初めてか？」

「うん！　外の世界のことは、マスターの曲や、パソコンに取り込まれた曲の歌詞からしかわからないから……」

「本当、変なところで制限あるな」

「実売1500円の廉価《れんか》ソフトだもん」

普通の廉価ソフトは現実世界に出てこねえよ。

「それにしても、あたし、あんな声出せたんだねー、びっくり。マスターのおかげだよ！」

「今までずっと、その実力引き出せてなかったわけだけどな……」

「へっへっへー、それだけ伸びしろがあるってことだよっ」

そう言われると、悪い気はしない。突破口を開いてくれたのは間違いなく、この天真爛漫《てんしんらんまん》なボーカロイドだけどな。

ようやく店が見えてきた。青い看板が目印だ。

店内に入ると、暖かい空気に身も心もほっとする。

「いらっしゃいませー……って、先輩じゃないですか！」

青と白のストライプの制服に、ボリュームのあるお団子頭。声を掛けてきた店員は、顔見知りだった。大学の後輩の女の子だ。

「そっか、この時間にシフトだったっけ……」

じゃあ早めに用事を済ませて帰ることにしよう……と、心の中で付け足す。

目当ての商品をカウンターに持っていくと、後輩は眉をひそめた。

「……湿布？」

「ちょっと肩を痛めちゃってね」

「もしかして、お兄ちゃんのせいですか？　喧嘩したって聞いてます」

「いや……別件で。というか、やっぱり伝わってたか……」

そう。工学部の友人というのは、この後輩の兄にあたる。

「……CD作るお手伝いするって話だったのに、お流れになっちゃったんですよね」

「いや、結構売れたよ。お前の助けなんていらなかったぞ、ざまみろ、って伝えておいてよ」

嘘だけどね。無駄に見栄を張ってみた。

会計を済ませ、じゃあそういうことで、と小声で会話を終わらせて立ち去ろうとした。

だが、

「ねえ先輩」

後輩は逃がしてくれなかった。

「なんで喧嘩なんてしたんです？　私は先輩とお兄ちゃんが仲悪いのって嫌ですよ」

「別にもう、仲悪くはないよ」

「嘘。喧嘩したの半月前ですよね。でも、それからまだ一度も会話していないそうじゃないですか」

「……それは」

返事に窮して、ぼくは思わず、隣に付き従っている鏡音リンの顔を見た。

不安げな表情をしている。……それを見て、決意が強まった。

やはり喧嘩のことは、なんとか誤魔化さなきゃ。後輩にも、そして——喧嘩の原因である鏡音リンにも。

「えっ、あたしが……何？」

鏡音リンが、一歩後ずさって、リボンを落ち着きなく揺らして、おろおろとしはじめた。

しまった、目を合わせすぎた。

しかもそれを見た後輩までが、両の頬に手を添えてハニワみたいな表情になる。

「えええええっ、その子が喧嘩の原因なんですか？　さ、三角関係!?　だ、誰!?　随分《ずいぶん》若い子ですよね!?」

「待て、違う！　誤解だ！　この子はまだ14だ」

「いやあああ！　中学生に手を出すなんてお兄ちゃん不潔ううう！」

「落ち着け！　違うから！　あ、そうだ、袋いらないから！　それじゃまた！」

誤解が誤解を生み、収拾がつかなくなる。ぼくは湿布をひったくると、そのまま店外へと逃げ出した。

外の歩道で立ち止まる。白い吐息《といき》が空気中に拡散した。

たっ、たっ、たっ、と足音が後ろに近づいてくる。鏡音リンが追いかけてきたのだ。

ぼくは、何かを聞かれる前にこちらから拒絶の言葉を吐く。

「なんでもないよ」

「なんでもなくない。さっき、あたしを見たよね？」

ぼくは頑固にもう一度繰り返した。

「鏡音リンには関係ない」

無言。

「喧嘩したのは、まだぼくがきみと出会う前の話だ。関係あるわけがないだろ」

無言。

「……帰ろう」

「先に帰ってます」

それだけ言葉を残し、気配が消えた。

振り向くと、雪道に、彼女の足跡だけが残っていた。

後には、ぼく一人が取り残された。

1月の午前の冷気で、耳がじんじんと痛くなった。

＊

籠の中のみかんが傷んできている。

ぼーっとしながらパソコンに向かう。

手持ち無沙汰《ぶさた》のままブラウザを開いて、ニコニコ動画のランキングを見ていても、さっぱりニコニコできない。特にボカロ系の動画は、見る気になれなかった。

コンビニの一件から、もう半月が経っていた。

肩の痛みはすでに消えたが、同時に感情も薄れて消えてしまったようだ。

鏡音リンはあれから一度も姿を現さない。画面に呼びかけてみたり、メモ帳を開いて「おーい」と打ってみたりもしたけど、反応はなかった。

——傷つけてしまったのだろうか。

そりゃそうだろう。

ぼくは彼女を自分勝手な理屈で拒絶した。友人との喧嘩の原因を知られるのが恥ずかしかったただなんて、個人的なわがままにすぎない。

実のところ、喧嘩の原因は鏡音リンだ。ただ、関係はあっても責任はない。それだけは伝えておくべきだった。

本当なら、すべてを伝えて安心させるべきなのだろう。でもやっぱり、彼女に喧嘩の全容を伝えるのは……すごく躊躇《ためら》いがある。

何をどうやったら伝えられるのか。どうすれば彼女に謝れるのか。ぼくの頭の中は、半月の間ずっとループしている。ぐるぐると同じ所を周りながら、だんだんと思考はぼやけていく。

そのうちに、なんだか彼女と過ごした日々は幻だったんじゃないかという気がしてきた。

だって、よくよく考えてみれば、ボーカロイドが現実世界に出現するなんて、そんなバカな話があるわけがない。二次元と三次元の壁など越えられるわけがないのだ。

テレビを見てる母さんに、声を掛けてみる。

「この家って、母さんとぼくの二人暮らしだよな？」

「そりゃそうでしょ。お姉ちゃんは去年出てっちゃったし」

「だよなあ」

鏡音リンと関わった人間は、ぼくの他にはいない。

鏡音リンが存在したという痕跡《こんせき》は、もはや何もない。

コンビニで後輩が目撃してはいるけど、直接会話をしたわけじゃない。あの時起こったことは、別の解釈で説明できる。ぼくは、コンビニにたまたまいた知らない女の子を見つめてた。ぼくが連れてきた少女なんて初めから存在しなかった。

そう思い至ると、それが真実だったような気がしてくる。そうだよ、ぼくの記憶のほうが間違っていたんだ。

……全部、夢だったんだ。

ツイッターでイケメンＰに教えを請うたのも、珍しくぼくがやる気を出しちゃっただけだ。事実、送信したツイートはぼくのアカウントのものじゃないか。

イケメンＰのことを思い出して、この半月、音楽を作っていないことに気付いた。

ぼくはＤＴＭを続けようとしてたんだっけ。それともやめようとしてたんだっけ。

まあ、どっちでもいいや。


不意に、スマホがシュポンと鳴った。

確かめると、それはツイッターのＤＭ《ダイレクトメッセージ》通知だった。イケメンＰからだ。

ＤＭは、非公開で一対一のやりとりができる機能。つまり、秘密の用件があるということだ。

メッセージの内容は、『まず聴いてみてください』と一言添えられたアドレス。開くとひとつのｍｐ３ファイルが落ちてきて、曲が流れた。

「……すごい」

思わず、声に出していた。

それは、ぼくのＣＤに収録されている曲のアレンジバージョンだった。

原曲から大きくイメージが変わったわけではないけれど、ぎこちなかったコード進行が気持ちよく変更され、音にはメリハリが出ている。暗中模索で自分でつけたアレンジよりもよくなじんでいて、なるほど、最初からこう作るべきだったのか、と思わされる出来だ。

シンセリードで代用されているボーカルパートだけが、これがデモ曲なのだと主張していた。

しかし何でこんな曲を送り付けてきたんだ？

疑問に思って、賞賛《しょうさん》の感想とともにその旨を返信すると、すぐにまたメッセージが届いた。

『いただいたＣＤ、聴きました！　で、もっとこの曲が知られてほしいなと思ったので……単刀直入《たんとうちょくにゅう》に言いますが、コラボしませんか？』

お茶を飲みながら読まなくて良かった。ディスプレイに色々ぶちまけるところだった。

無論断るはずなどない！

慌てて、一も二もなく、承諾の返信をする。それともうひとつ、追記。

『もし歌詞まだ入れてないなら、ｖｓｑファイルお送りしましょうか』

既存のｖｓｑファイルがあれば、ゼロから作業をしなくても済むようになる。調教のうまいＰだから、色々手直しの余地はあるだろうけど。

案の定、イケメンＰからは、『助かります』という返事が来た。スカイプのＩＤ《アイディー》も添えられている。

「ｖｓｑファイル……どこに置いたっけな。探さなきゃな」

作ったのが昔のことなので思い出せない。

エクスプローラを開いて、すべてのｖｓｑファイルがヒットするように条件を設定し、検索ボタンをクリックする。今までにボカロ曲は10曲くらいしか作ってないから、すぐ見つかるだろう。

そう、思ったのだが。

結果は、まったく予期しないものだった。

見慣れないファイルが、検索結果にずらりと並んでいた。ランダム文字列で構成された名前のvsqファイルが、ぼくのハードディスクの中にいくつも並んでいる。

「……こんなもの、作った記憶はないぞ……」

ファイルの作成日時は、ここ1年くらいの間のバラバラな日付だ。

ダブルクリックしてみる。ボカロエディタが起動し、譜面が読み込まれる。

データの内容は、４小節ほどの短いものだ。

――再生。

『マスターの曲、ほんっと不《ふ》協《きょう》和《わ》音《おん》多いなあ』

鏡音リンの声が、部屋に響いた。

半月ぶりに聴く声だ。高域がキンキンしてて、音量もデコボコな合成音声。

別のファイルを読み込む。

『マスター、もっと理論の勉強すればいいのに』

うっせ、と小さく呟いてから、なんだか懐かしくて、目頭が熱くなった。

次のファイル。再生する。

『いいメロ書くんだから、アレンジ良くなったらきっと伸びると思うな』

次のファイル、次のファイル、と開いてゆく。

半月前から、ファイルの数は一気に増えてくる。

『あたし、何やったんだろう……やっぱりあたしのせいなんだよね。想像つかないけど』

『なんで話してくれないの、マスターのバカ』

『仲直り、させてあげたいなー』

『あたしにできることなんて、歌うことくらい』

『何をすればいいんだろう』

『わーん、わかんないよー』

『マスターは、あたしが邪魔なのかな……きっと嫌われてるよね』

『でもあたしは好き。マスターの曲が好き』

『マスターに嫌がられても、あたしは、マスターが大好き』

「なんだよ、これ……」

項垂《うなだ》れて、目を押さえた。全部これ、あの子の心の声じゃないか。

ぼくが本当の気持ちから逃げてるってのに、ボーカロイドは考えてることが筒抜けだ。

「こんなの、フェアじゃねえよな……」

ぼくは椅子の上に膝《ひざ》を抱えて背を丸めた。後悔と罪悪感に襲われる。そうして混濁した感情に脳をかき回されて、1分。すっと頭の中が晴れた。

決めた。

こっちも全部、見せてやろうじゃないか。

階段をドタバタ上って自分の部屋に戻り、実に1ヶ月近く起動していなかったノートブックを掴み取る。再びリビングに戻って、共用パソコンの前に置き、バッテリを取り付けた。

「おい鏡音リン！　よーく見ろよ、この有様《ありさま》を！」

蓋《ふた》を開いて電源スイッチを押した。

『起動したよー』

と、鏡音リンの声が告げた。

いや、これは「ぼくの鏡音リン」の声ではない。昔誰かがネットで配布していた「トークロイドでパソコン効果音」というものを使わせてもらったのだ。

デスクトップの壁紙もネットで惚《ほ》れ込んだ水着姿の鏡音リン画像だし、ハードディスクにある鏡音リン画像は優に4桁を超える。そしてスクリーンセーバーが始まれば、それらの画像集が代わる代わるスライドショーされる。

どうだ。親の目などを気にせずに好き勝手に環境構築した結果がこれだ。参ったか。

おわかりだろう。

ぼくは、リン廃だ。鏡音リンが好きすぎる連中の一味だ。

最初に鏡音リンが現れたときには、気が狂ったのかと思った。嬉しかったが、それ以上に、その嬉しさを顔に出すのが恥ずかしいと思ってしまった。

本当に鏡音リンはぼくを理解してくれてやがる。ああそうだよ、ツンデレだよ悪かったな！

続いて、スカイプを起動する。

友人との会話ログが流れ、あの1ヶ月前の喧嘩の原因が白日《はくじつ》の下にさらされる。

そう。

あの野郎は、ぼくの鏡音リンの曲を聴いて「これが初音ミク？」と言い放った。

ボカロ曲をほとんど聴かないらしいが、確かに世間でボーカロイドといえば初音ミクだが、それにしても、CDのデザインを引き受けてくれた立場でその認識はあり得ない。お前はプレステを未《いま》だにファミコンって呼ぶ母ちゃんか。いや、うちの母さんですらそこの区別はついているぞ。

つい激昂《げっこう》して言い争いをしてしまい、「そんなことならCDのデザインなど任せられない」と口にしたところ、喧嘩別れになった。

……というのが、すべての真相だ。

友人も、ここまでキャラクターに入れ込んでいるなんて思ってもみなかったんだろう。

くだらなすぎる原因は、喧嘩そのものを黒歴史化する。友人もぼくも、もうお互いのことを怒っているわけでもない。でもあの自分の取り乱しようを思い出すたびにぼくは顔から火が出るように感じ、友人と会いづらくなってしまったんだ。

「……くだらないなぁ」

「だろ」

背後を見返す。

金色の髪にセーラー服の少女が、腰に手を当てて、ふくれっ面でこちらを睨んでいた。

「しかも人の心の中を勝手に覗き見るし」

「そうだな、ぼくが全面的に悪かった。許してもらうためなら何でもする」

「やっぱり後で……制限荷重試験やろっか」

呆《あき》れたようにそう言って笑う彼女に、

「……まあ、ちょっと見ててくれ」

「えっ？」

ぼくはそう言うと、スカイプでイケメンPにコンタクトを送り、チャットを繋げた。

『コラボのお誘い、ありがとうございます』

『いえいえー。この間調教談義もできましたし、これもご縁かと。よろしくお願いします』

『はい、こちらこそ！』

手元にはvsqファイルがある。これを送れば、後はぼくが関われることはない。彼に任せれば、すべてうまくいくことだろう。

だけど、ぼくは敢《あ》えて、バカなことをしてみることにした。

『ただ、やっぱり、この曲の調教は、ぼくにやらせてほしいんです』

ええっ、と隣で鏡音リンが声を上げた。

イケメンPも意図を図りかねている。

そりゃそうだ。つい先日技術指南《しなん》を請《こ》うたばかりで、調教の実力に大きな差があることは、わかりきってる。

でも、あの子は言ったんだ。歌いたいって。たくさんの人に聴かれたいって。それが彼女の存在理由だって。

――だからこれは、その願ってもないチャンスだ。

『今は至らないところはたくさんありますけど、でもやっぱり、ぼくは自分のボーカロイドに歌わせてあげたいんです』

ボカロは楽器だ。その考えは変わらない。

でも、楽器だとしたら、練習が必要なのは楽器自身ではなく奏者だ。指の皮を破られてギターを不良品扱いするギタリストがいるか？　伸びて濁った音をペダルのせいにするピアニストがいるか？　使いこなせ、楽器奏者としての意地があるならば。

チャット窓に、タイピング中を示すマークが現れる。イケメンPが返事を考えている。

怒られるだろうか。立場を弁《わきま》えず生意気言うなと嗤《わら》われるだろうか。

ぼくは目をつぶって待った。

ピヨ、とスカイプが返事の到来を告げた。

『いいですよー。お待ちしてます!』

『あ、ありがとうございます! 頑張りますので!』

あっさりと言われて、全身の力が抜けた。

とりあえず期日はいつぐらいで、というやりとりを二三交わして、ぼくはスカイプからログアウトする。

「すごい……マスターが有名Pにわがままを言った」

信じられないものを見るように口を開けている彼女。

「これで、許してくれないかな。鏡……えっと……リン、ちゃん」

「あっ……」

すう、と息を吸って、彼女は言う。

「あのね。ボーマスの日、なんであたしが現実世界に出てこれたのか、実は自分でもよくわからなかった。せっかく出てきてもマスターの態度にはなんか壁があるし。でも……」

彼女は、向日葵みたいに笑った。

「こんなに想《おも》われてたんだったら、出てこれてもおかしくないや」

それから数日、ぼくは調教作業に没頭《ぼっとう》した。

ウェブ検索を駆使《くし》してあらゆるテクニックの記事に目を通し、レベルの高い人がネットで公開しているvsqファイルを見て技術を盗んだ。

自分で歌を口ずさんでは、自然な歌い方になるようにエッセンスをエディタに打ち込む。

毎日スマホには最新版の音源を入れ、ずっとループ再生して、少しでもいい歌唱にできそうな部分を見つけては、家に帰って修正する。

これより先は自己満足かもしれない。でも、一人でも多くの人に「うちのリンちゃん」を褒めてもらえるなら、どんな労力でも払おうと思えた。

ぼくの技術が上がるにつれ、リアルでの彼女の声も心なしか聞き取りやすくなったのは、きっとボカロ耳のせいだけではないはずだ。

やがて、ついに完成の時がやってきた。

「……歌うね」

「ああ」

満足のいく出来になったvsqファイルを、最初から最後まで通しで、再生する。

AメロBメロとサビでの、ダイナミックな歌い分け。適切な息継ぎに、ビブラート。

その上で、ボーカロイドならではのしゃくりのデフォルメ。「リアルな歌唱」と「リアルに見える歌唱」は違うのだ。

最後のノートを発声し終えて、長めに息を吐いて――。

それから彼女は飛び上がって、リボンをちぎれるくらい激しく振り回した。

「すごい！　マスター！　すごい！　これなら誰にも『鏡音リンは歌が下手だ』なんて言わせないよっ！　神調教タグだって目じゃないよっ！」

ぼくは笑って頷《うなず》き、書き出したｗａｖファイルをイケメンＰに送り付けた。

すぐに反応が返ってくる。

『すごく丁寧に仕上がってて驚きました！　神調教タグだって目じゃないですね』

『それさっきも言われましたｗ』

『誰にですかｗ』

こうして、ぼくらの動画が出来上がった。


スカイプ窓で、イケメンＰが『いきます』と言う。ぼくは『はい』と返事する。

動画サイトへの投稿が無事に行われ、すぐにツイッターでイケメンＰのツイートが流れた。『アレンジ担当です。新作なう！』という言葉を添えて、動画のアドレス。

ぼくもその流れに乗る。

なう、で形を揃《そろ》えてみようか。ぼくはイケメンＰのツイートを引用し、その前に自分の言葉を付け加える形で、つぶやきを投稿した。

02

『原曲・調教担当です。リンちゃんなう！』

一斉にざわめくタイムライン。濁流みたいなリツイートの群れ。

たくさんの人たちが、世界の果てまで届けとばかりに新曲の告知を拡散してくれる。

人を繋げ新しいものを生み出す。ボーカロイドっていうのは、その母体だ。

ぼくは、隣でディスプレイを覗き込む少女に、話しかける。

「言い忘れてたけど。こないだのコスプレさ……か、かわいかったと思う」

えっ、とこちらを見るリンちゃん。言葉の意味を把握すると、頭のリボンがピンと立って震えた。

真っ赤に顔を染めた彼女は、それからこくこく頷いた。

「今度は、ボーマス会場で見せてくれよ。またＣＤ作って、ボーマスに参加するからさ」

「う……うん！　よろしくっ」

「ああ、よろしく」

ぼくは画面に映ったタイムラインにぐっと手を伸ばして、想像する。

こうやって曲を作って、ボーマスに参加して。その先に何が見えるだろうか。

その未来を、リンちゃんと一緒に、確かめたい。

素直じゃないリンちゃんの心を、手料理で溶かしたい。

見てください、この見事な卵の焼き加減！　美味《おい》しそうな半熟《はんじゅく》部分を残しつつも形良く盛りつけられ、その下にはケチャップで味付けされた、具だくさんのナポリタン！

ぼくはカラオケ屋のキッチンで満足感に浸った。

料理はぼくの趣味だ。否、人生だ。ぼくの腕前をそんじょそこらのバイトと比べてもらっちゃあ困る。ザ・フードファイターとでも呼んでもらおうか。いやそれは作るほうじゃなくて食べるほうだ。

「……それは、誰《だれ》の注文なのでしょうか？」

と、店長が眉《まゆ》を八の字にして笑った。

後ろで縛ったロングヘアは白髪交じりで苦労が偲《しの》ばれるけど、店長はまだ20代だそうで。よく見ると美人でスタイルいいよな、なんて思いながら、ぼくは指折り考える。

「今入っているお客は、一人だけ。２０６号室で3時間ほど絶賛ヒトカラ中……でしたっけ」

ぼくがシフトに入ったのは1時間半前なので、顔は見ていない。

「そのお客さんからは、注文のコールは受けてないですねぇ……」

「……では一体誰が」

「貴様《きさま》が、勝手に作ったんだ――――ッ！」

「ひいいっ、そうでした！」

普段は弱音ばっかの店長だけど、キレると怖いのだ。

だ、だって、この店って裏路地《うらろじ》にあるから、お客あんま来ないし。だからバイトもぶっちゃけ暇だし。そんな時に冷蔵庫を見てみたら、卵がつぶらな瞳《ひとみ》で「タベテー」ってこっちを見てるんだもん。仕方ないじゃん。

無言でぼくを見つめる、店長・ウィズ・般若《はんにゃ》フェイス。視線が痛い。

「……えーとその、あっ店長！　そういえば今日ツイッターで憧《あこが》れの歌い手さんが新作発表してましてね。こないだ店長もいいねって言ってた、『べる』っていう……」

「露骨に話を逸《そ》らさない。そういう態度だと、こうですよ？」

店長が、ぴっと親指を立てた。

「グッジョブ？　ああ、『べる』の歌はホントＧＪ《グッジョブ》ですよね！　ぼくもいつも動画にそうやってコメントつけてます」

「歌い手の話はしてません」

「あ、オムナポリタンがＧＪですか。そうでしょう、店長食べてみませんか？　まかないってことで！」

「まかないなら30分前に私も君も食べたばかりじゃないですか。つまり……」

立てた親指を、90度横に倒し、

「こうだと言っているんだ――――ッ!!」

店長は喉元《のどもと》に横一文字を引いた。

こ……これは伝説に聞く、「クビ」のサイン！

「ぎゃあああ、そ、それはご勘弁《かんべん》を！　ぼ、ぼくには滞納《たいのう》してる家賃があるんです！　払わないとお店どころかおうちを追い出されちゃうんですーっ！」

「だったら、それなりの勤務態度を取ってもらいたいものですね」

「も、申し訳ございません！」

ぼくがこの店で働いてる理由は、家賃の捻出《ねんしゅつ》のためだ。

この夏、猛暑《もうしょ》で冷蔵庫とエアコンとパソコンが相次《あいつ》いで壊れてしまった。修理でお金が飛んでいき、貯金は底をつき、気づけば9月分の家賃すら消えていた。

ぼくはアパートの大家さんに土下座して支払いを待ってもらい、慌ててバイトを探すことにした。雇ってもらったのが、このカラオケ屋だ。

だから、ここが、ぼくの生命線なんだ。

「で、そのオムナポリタンはどうするつもりです？」

店長の追撃からは、もう逃げられない。

自らのクビを賭《か》けて、ぼくはだらだらと冷や汗を流した。

オムナポリタンの皿を載せたお盆を手に、206号室に向かう。

ぼくが導き出したオムナポリタンの処遇《しょぐう》は、「お客様へのサービスという扱いにする」作戦だった。今の時刻は午後6時。ちょうどご飯時だし、こうすればサービスのいいカラオケ屋だって印象づけられて、顧客満足度の向上に貢献できる。そんな理屈を口先から飛び出すままに並べたら、店長も「まあそれでいいです」と目頭を押さえて納得してくれた。

206号室のお客さんなら、きっとぼくの渾身《こんしん》のオムナポリタンを気に入ってくれる……はず。だってお腹ぺこぺこに決まってるでしょ、なにせ3時間ヒトカラだもんね。

ルームに近づくにつれ、廊下にも歌声が漏れてくるのが聞こえてきた。

おお、この曲は知っているぞ。

マイナーなボカロPが作った曲。一般ウケしない曲調だから、このボカロPの曲は皆、動画サイトの片隅で、無数のボカロ曲たちに埋もれている。でも一曲だけ、この曲だけがカラオケ入曲に漕《こ》ぎ着けられたんだ。

いい趣味をしてるね、ぼくは大好きなPだよ。

そういえば、『べる』も、このPの曲の「歌ってみた」を動画サイトに上げていたっけ。

というか、ぼくが『べる』を知ったきっかけも、そのPの曲の派生動画を探していたことだった。同じ歌が好きな人がいて、こんないい声で歌っている——。仲間を見つけたようで嬉《うれ》しかった。

彼女が結構人気のある歌い手だと知ったのは、その後のこと。

ツイッターの発言を追ってみる限り、『べる』は学生みたいだ。高校生か、大学生くらいだと勝手に推測しているけど、決定的な確証はない。

彼女は、個人情報の管理については、かなりしっかりしている。カフェに行ってきたーだとか、友達と雑貨屋に行ったーだとか、そういうツイートが多くて、そこはかとなくリア充っぽい薫《かお》りはするんだけど、情報を総合して『べる』の人物像を想像しようとすると、どこかちぐはぐな感じになって、途端にイメージがぼやけてくるのだ。

多分、個人を特定されないように、つぶやく内容にフェイクを混ぜてるんだと思う。

現在住んでる地方がどこなのかも不明だ。ただ、可能性が高いのは北海道だと推理してる。ツイートの中に時折、不意を突いて顔を出す北海道弁が、さりげない萌《も》えポイントなのだ。

ほら、好きすぎて幻聴すら聞こえてきた。

２０６号室から漏れてくる歌声、似てる似てると思ったけど、まるで『べる』本人の歌声にすら感じる。あの声の跳ね方、ビブラート、高音の伸び。そう、この扉を開ければぼくはリアルの『べる』と運命の邂逅《かいこう》を果たすのです！

そんなわけあるか。

なんて自分で自分にツッコミながら、ぼくはルームのドアをノックして、開けた。

歌ってた女の子が、ハッとこちらを向き、気まずそうにマイクを口元から下ろした。サビに差し掛かり力が入っていたとこ、ごめんよ。

女の子が着ているTシャツには謎《なぞ》の猫がプリントされていて、襟《えり》は少しだるだる気味。掛けている分厚いメガネのせいで顔のつくりはよく見えないけれど、全体的に幼い顔立ちだ。中学生かな。髪はくせっ毛気味のミドルヘアで、頭の上には大きな白いリボン——正確に言えば、バンダナをカチューシャに結んでワイヤーで留めている。

うん、やっぱ、『べる』とはイメージ全然違うな。そりゃそうだ。

気まずそうにマイクを持てあましている彼女に少し罪悪感を覚えながら、ぼくはオムナポリタンを差し出した。

「こちら、よかったらどうぞ」

「へ？　注文なんて……」

「ご安心あれ！　新商品のサービスになります。お代は要りませんので」

——ぐう。

彼女のお腹が、そう鳴った。かあああああっと耳が赤くなる。

正直、よっしゃあって思った。お客のお腹を鳴らせる程度の能力。料理人としては最高の名誉です！

「おお、ではテーブルに置いておきますね。それだけ欲しがっていただけるとは何よりです」

「いいいや、なんもさっ！」

女の子、怒ったように眉を寄せて、手をぶんぶん振る。

NYAAN

ん？

……違和感で、気づいた。今の言い回し。

なんも、というのはだいぶ珍しい返事だ。標準語の「全然」と同じ意味で、北海道弁なんだそうだ。

なんでこんなことをぼくが知っているかというと、もちろん、べるがツイッターで使ってたからだ。

北海道弁。カラオケの選曲。声質。……そういった要素を諸々勘案《もろもろかんあん》すると。

この目の前の、えーと……よく言えば純朴な感じの女の子は？

「……べ、『べる』、さん？」

「な、なして知って……！」

マジだ。

ぼくの口から、ぽんと言葉が飛び出た。

「あああのっ、ネットとイメージ違いますね！　メガネ掛けてるんだなーと！」

「えっ、あ、あの、そうだ、ふ、普段はコンタクトなんだけどねっ……」

「いやいやー、でもそのメガネも似合ってますよー！」

本心からの言葉をぺらぺら口に出してみたら、俯《うつむ》いて無言になる彼女。すぐに、はっとしたように首を振って、こちらに向き直る。

「っていうか……その……誰っ？」

「あっ、すいません申し遅れました！」

興奮して自分のことを明かすのを忘れていた。

いつもツイッターでお世話になってます！　とぼくは自分のハンドルネームを口に出した。

彼女のメガネの奥で、大きな瞳がまん丸に見開かれた。

「いやー、こういう偶然もあるんで――」

そこまで言いかけた瞬間、ドンされてバタンされた。

つまり、廊下に突き飛ばされて、ドアを閉められた。

……ちょ、ええええっ⁉

何、ぼくそんな嫌われるような応対したか⁉

ショックを受けて後ずさりするぼくに、ドアの向こうから早口の声が浴びせかけられる。

「あたし、ネットとリアルは分けてるんでっ。帰って！」

「そっ、そんな、『べる』さぁん……」

「うっさい黙れその名前で呼ぶなっ！」

取り付く島もない。

とぼとぼ受付に戻り、それからすぐに『べる』が逃げるように店を出て行くのを、しょんぼり見送るしかなかった。

206号室の片付けに行ったら、お皿は綺麗《きれい》に空になってたのが、せめてもの救いだ。

さらにその深夜、『べる』からツイッターのフォローを外されていたことで、ぼくはやっぱり今日《きょう》会ったのは本物だったんだなあ、と思い知ることになる。

それでもネット上の『べる』は愛想良く、フォロワーの人たちから飛んでくる話に返事している。

リアルのあの女の子とは、とてもイメージが結びつかない。

どこまでが本当の彼女なんだろう？　実際に会って、ますます分からなくなった。

とにもかくにも、ぼくと『べる』を繋《つな》ぐ糸は、こうして切れてしまった。


右手には７５０００円が入った封筒。左手にはお菓子を包んだアルミホイル、を載せた皿。

ぼくは息を吸い込んで、呼び鈴を鳴らした。

ようやく迎えた給料日。耳を揃《そろ》えて持って参りました。アパート別棟《べつむね》、大家さんの家。

初めてのお給料は、せっかくなら豪勢《ごうせい》な料理に使いたかったんだけど。……まずは家賃の支払いが先だよね。

ガチャリと鍵《かぎ》が回って、ドアが開かれた。顔を出したのは、ボサボサ髪の男子中学生。

「あー、お兄さん、こんばんは！」

人なつっこい笑顔を浮かべる彼は、レン君という。ゴミ出しのときや帰りがけにも、アパート前で時々鉢合《はちあ》わせする子だ。

「家賃の件ですよね？　すいません……母はまだ帰ってないんですよ」

「じゃあ出直そうかな……あ、でもその前にこれだけでも」

と、ぼくは左手のお皿を差し出した。

「わあ、何だろう」

レン君がアルミホイルを開く。中身は手作りのパウンドケーキだ。好き嫌いなく誰にでも喜ばれるけど、原価は安くて済む、そのうえ結構日持ちもするから貰《もら》って困ることもあまりない。手土産《てみやげ》として作るなら最強のメニューだと思ってる。

彼は驚いたようにケーキを見て……その目に、ぶわっと大粒の涙が浮かんだ。

「えっ、な、なんで泣いてるの！」

「……ちょっと来てください！」

腕を掴《つか》まれ、家の中に引っ張り込まれる。引っ張られるままに辿《たど》り着いたのはキッチンだ。冷蔵庫から、レン君が謎の物体を取り出した。

「今晩の夕食だよって用意されてたのが、これなんですけど……」

黒い。

ホットケーキが黒い。ハンバーグが黒い。中に入ってる緑色のカケラは一体なんだろう。っていうかホットケーキとハンバーグが何故《なぜ》同じ食卓に出てくるんだ。

「うちの家族、みんな料理が下手《へた》なんです。父も母も姉も、俺《おれ》も」

「お姉さんなんていたんだ？　外でも会ったことないし、てっきりレン君、一人息子なのかと思ってたよ」

「双子なんですけどね。姉は基本的に引き籠《こ》もりですから……まあとにかく、だからまっとうな食べ物を見たのが久しぶりで」

言いながらまた目元をごしごし袖《そで》でこするレン君。

「いや、大げさな……」

「ハンバーグ、味見してみますか」

有無を言わせない迫力に、ぼくは息を呑《の》んだ。

レンジに掛けて、一口分をフォークで刺して、ぱくり——

「ン、ぐぐう!?」

やばい。意識が遠のいた。一体どんな調理法を使えば、こんな斬新《ざんしん》な味が。

レン君が差し出してくれた水で喉《のど》の奥に押し込んで、ぜーぜーはーはー息をした。

「……こりゃすごい。塩の塊《かたまり》を丸ごと生かしたジャリッとした歯ごたえ！　食べた途端に口の中に広がる、多種のハーブを混ぜたような強烈な香り！　さっきの緑色がローズマリーだったのはわかったけど、他《ほか》は何を使ってるのかさっぱり材料を判別させないほどの強烈なブレンド。肉脂《あぶらみ》をすべて吸い取り肉の味を完全に殺しきる徹底した加熱……！　ああ、一体誰がこんなむごいことを」

「あたしだけど」

え？

飛んできた声のほうを振り向く。

リビングの入口で、不機嫌そうに腕を組んで仁王立ちしてる女の子がいた。小豆色《あずきいろ》のジャージに、カチューシャで上げた前髪。

「ああ、姉のリンです」

「……べ、べ」

リンと呼ばれた女の子を指さして口をぱくぱくさせていたら、彼女がすっ飛んできて、胸ぐらを掴まれた。

「ちょ、ちょっとリン！」

「レンは黙ってて」

固まるレン君。そしてぼくは、女の子に引っ張られるまま廊下へと連行された。

ようやく胸ぐらから手を離してもらい、けほけほと咳《せき》をする。

ぼくを睨《にら》む女の子。鼻頭にはメガネの跡がついている。さっき慌てて外したっぽいな。

と、それくらい観察する心の余裕が生まれたので、ぼくは話しかけた。

「……レン君のお姉さんって、『べる』さんだったんですか」

偶然にも程がある。ネット上の好きな歌い手さんと地元で会ったと思ったら、それが実はアパートの大家さんの娘さんだったなんて。

「その名前を口にしないで。こないだも言ったけど、あたし、リアルとネットは分けてるの」

「あの……ぼく、何かまずいことしましたっけ……？」

「あたしのネットでの姿を知ってるのがまずいの！　分かったら帰って！」

「でも『べる』さん」

「『べる』じゃない！」

「……リ……リン、ちゃん？　でいいですかね……？」

「……うー」

本名で呼ばれるのも嫌みたいだ。けど、他に呼びようがない、ですよね……。睨まれつつ、ぐいぐい背中を押され、玄関へと運ばれた。

「いい、あたしの正体について誰にも喋《しゃべ》っちゃ駄目。リアルで『べる』って言っちゃいけないし、ネットでもリアルのこと言わないで。いい？」

「べっ……、別に言いませんよ」

リンちゃんのジト目がグサグサ刺さるのを感じながら、靴《くつ》を履《は》く。

廊下の向こう、リビングからはレン君が心配そうに顔を出して、こちらを窺《うかが》っていた。気にしてないよと伝えたくて、目配《めくば》せして笑ってみせた。

すると、レン君が大声で叫んだ。

「お兄さん！　また来てくださいよー！　今度手料理作ってくださいー！」

「レンっ！」

ぼくはそそくさと手を振って退散した。

家賃は明日《あす》、あの子たちが学校に出かけていった後に、改めて渡しに来ようかな……。

＊

ツイッターで『べる』に話しかけるのもなんとなく憚《はばか》られ、リアルでも大家さんの家の前を通るときにもなんとなくコソコソしているうちに、9月が終わった。

今日の最低気温はなんと一桁。10月上旬でこんな寒い日は16年ぶりらしい、とツイッターで話題になっていた。

『べる』に……いや、リンちゃんに次に会ったのは、そんな日のことだった。

大学が午前で終わって帰宅したぼくは、アパートの前でしゃがみ込む彼女を発見した。

寒い日なのに、紺のセーラー服の上には何も羽織《はお》ってない。自分の腕をぎゅっと抱いて、耳を真《ま》っ赤《か》にしている。

ぼくの姿を認めると、リンちゃんはメガネを外して懐《ふところ》にしまい込んだ。

「……どうしたんですか」

「別に」

「家に入らないんですか。寒いでしょ」

「鍵忘れたの！　学校は期末だから午前で終わっちゃうし、親も仕事だし、レンは部活だし……お腹はぺこぺこだし、ほんと散々」

「ありゃりゃ」

「あんたには関係ないんだから、どっか行きなさいよ」

そこで思わず出掛かった言葉を、言おうか言うまいか悩む。きっと断られるだろうなあ。でも、まあいいや。

「じゃ、うちでごはん食べてきます?」

案の定、すごい嫌そうな顔をされた。でもぼく強い子。へこたれない。

「スープとかどうっすかね、体あったまりますよー」

「……いらない。帰れ」

ついに命令口調になってしまわれた。

むすっと真っ正面を見つめる彼女に、これ以上言葉を掛けても無駄だなと思って、ぼくは首をすくめて自分の部屋に戻る。

玄関を開けてコートを脱ぐと、部屋の中なのに冷気がすごい。こんなんじゃホント風邪ひいちゃうぞ。ぼくはヤカンでお湯を沸かしはじめた。

数分後、リンちゃんはまだ白い息を手に吐きかけながら、寒さと格闘していた。

なんで知ってるかって、そりゃ、ぼくがコーンポタージュをマグカップに入れて渡しに行ったからだ。

ついでに、我が家の品揃えでは一番中性的なデザインの、白いふわふわマフラーを首に巻いてあげる。

途端に払いのけられましたけど。

「……そうやって『べる』にお近づきになろうっていうの？」

「いや、いつもお世話になってる大家さんの娘さんですからね」

「……」

無言のまま、リンちゃんはマフラーを手に持つ。

拒絶しようか、受け入れようか、たぶん迷っているんだろう。

つまりチャンス！　ぼくは彼女の脇《わき》に、マグカップも無理やり置いてやった。

「じゃ、そういうことで」

突っ返されないうちに、さっさと自宅に戻るのだ。

一歩踏み出したとき、リンちゃんが何かを言ったような気がした。

聞き取れなかったので、ぼくは振り向いて、

「今なんか言いました？」

「……なんも。大家の娘にならて、敬語使うの変だからやめてって言ったの」

「あ、はい……じゃない、うん。じゃあまたね」

返事はなかった。

アパートの階段を上りながら階下を見ると、彼女はいつもと同じむくれた顔で、携帯を取り出していた。

……もっと、仲良くなれたらいいんだけどな。

自分の部屋の鍵を開き、中に入ってドアを閉めたところで、ぼくのスマホが音を立てた。

見てみると、ツイッターから通知が2件来ている。

ひとつは、『べる』がぼくを再フォローした、という通知。

もうひとつは、ツイッターのＤＭ《ダイレクトメッセージ》が届いたという通知だ。差出人は、やっぱり『べる』。

【こないだのあんたのオムナポリタン。食べたってレンに言ったら、俺も食べたいってうるさいの。今度食べさせてやって。うちの食材使っていいから】

スマホの画面が、ぱあっと輝いたような気がした。

思わず部屋から飛び出して、階下に叫んだ。

「喜んで！」

「こっちで話しかけんなあっ」

怒られた。


そんなわけで、ぼくは今、鏡音《かがみね》家の食卓に交ぜてもらっている。

昨日《きのう》はオムナポリタン、今日はラザニア。調子に乗って、作った料理を2日連続で大家さんの家

——鏡音家にお裾分《すそわ》けしてみたところ、それなら一緒に食べていかないか、と招かれたのだ。

パルメザンチーズが雪のようにまぶされたラザニアを前に、一家から溜息《ためいき》が漏れた。

「いいんですか、こんな凝《こ》ったのをいただいてしまって」

申し訳なさそうに言うレン君に、ちっち、と指を振ってみせる。

「ねえ、料理を趣味にする者にとって一番の悩みは何だと思う？」

「……んー、食費……？　腐らせないこと……？」

「それはね、『作ったものは食べないと減らない』ということだ」

「ああ」

ぽんと手を叩《たた》いたレン君。素直な反応でよろしい。

「それに、せっかく料理するなら、まとめて何人前か作ったほうが効率いいしね。さ、食べて食べて」

食事にあまりこだわっていなかった鏡音家には、ぼくの料理は大層好評だ。瞬く間に、ぼくは一家に溶け込むことができた。

——楽しいなあ。一人での食事より、絶対このほうが楽しい。

レン君はすっかり懐《なつ》いてくれて、ゲームの話だとか、学校で起きたことの話だとかをしてくれる。

リンちゃんはほとんど喋らない。まあ、しっかり残さず食べてくれるのは嬉しいかな。

食事が終わった。綺麗に平らげてもらって、料理人冥利《みょうり》に尽きる。

ごちそうさまと一言言って部屋に戻ろうとするリンちゃんに、レン君が声を掛けた。

「今日の皿洗い、リンっしょ?」

「えー。やだ。……なして他の家の人のお皿まで洗わなきゃいけないのさ」

食事作ってもらって、やだじゃないべさ、と奥さん。まあまあ、とぼくは割って入った。

「ぼくも一緒に洗うの手伝いますから。リンちゃん、それでいい?」

しぶしぶ流し台の前に立つリンちゃんに、お皿洗うのはやるから拭《ふ》くのはよろしくね、と布巾《ふきん》を渡した。

ぼくの横に並んで、むすっとした顔で、でもしっかりお皿拭きは丁寧にやるリンちゃん。

やがて洗うものがなくなってしまって、手持ち無沙汰《ぶさた》になる。キッチンの設備を改めて見回しながら、ぼくはしみじみ呟《つぶや》いた。

「……このキッチンは素晴らしいなあ。特にガスオーブンが素晴らしい」

「オーブンなんてほとんど使った記憶ないけど」

キラキラ黒く光る文明の利器を、軽々しく小突くリンちゃん。こら、オーブン様に恐れ多いぞ!

「勿体《もったい》ない! あまりに勿体ない! ガスオーブンは、電気式オーブンとはパワーも容量も違うんだよ! これがあれば、どれだけのレシピに手が届くようになることか! けど貧乏学生に手の届く賃貸アパートで、そんなオーブンがある物件なんて、断言する、ゼロだ!」

「なに熱く語ってるの……うるさい」

「大家さんと店子《たなこ》の格の違いを思い知ったよ。うちにこんな設備があったらなあ」

なんてこと言っても、リンちゃんには現実を見なさいとか言われるんだろうけど。

「うちの使えばいいじゃん」

「……えっ」

意外な言葉が飛び出してきた。

「いいの？」

「ママに聞いてみたらいいでしょ。あたしは知らない」

ぽかんとしているぼくに、リンちゃんは食器を拭きながら、言い訳みたいに小声で言った。

ガスオーブンで作ったラザニアも食べてみたいし、と。

＊

やがて、ぼくは鏡音家で仕事を請け負うようになった。

朝食作りと、弁当作りだ。

趣味と実益を兼《か》ねたバイトみたいなもので、なんと家賃免除と、数回に1度は鏡音家で夕食も一緒に戴くというオマケつき。ちょっと早起きしなきゃいけないけど、三文の得どころじゃないんで、ぼく頑張ります。

朝は6時に鏡音家へ。一番早起きの奥さんに迎え入れてもらって、さあお仕事スタートだ。手早く調理をして、弁当箱に詰め込んでいるうちに、皆が起き出してくる。大抵、一番手はレン君だ。その次が旦那《だんな》さん。

残る一人の長女さんが起きてくるのは……まだきっと、しばらくかかりそうだ。

リンちゃんは朝が弱い。7時を過ぎても大抵起きてこないので、レン君が起こしにいくというのが日課だ。

ようやくリビングに現れる、パジャマ姿のリンちゃん。寝癖の立った髪がふわふわ揺れてて、いつもの印象とはまるで別人だ。

「リン、起きなよ……遅くまで何やってたのさ」

「……んにゅ……べつになんもー……」

「っていうか、早く着替えて来いよ」

「……ん……」

レン君とのそんな会話もいつものことだ。

ちなみに昨日は夜中2時頃《ごろ》まで『べる』がツイッターでフォロワーさんと絡んでたの、ぼくは知ってる。言わないけど。

食事を取って顔を洗えば、いくらかは目も覚める。身支度を調えて、学校に向かおうとするリンちゃんレン君に、「これ！」と弁当を渡す。

「今日はチーズ肉巻きだよ！　ちなみにさ、これ、肉を焼く前に片栗粉《かたくりこ》をまぶしておくのがポイント。肉汁を吸った片栗粉で、昼休みになってもジューシーな食感そのままのはず。期待してててくれ」

「へー！　凝ってますね」

笑顔で受け取るレン君と、何か言いたそうにしながらも結局無言のリンちゃん。

二人が鞄《かばん》に弁当箱を詰め込み、ドアを開けようとしたとき、ぼくはふと気づいた。

「ねえリンちゃん、ヘアピン忘れてるよ」

いつもなら前髪を留めておでこを出してるのに、今日は前髪を下ろしている。寝ぼけてセットし忘れたのかな……と思ったんだけど、

「……これは、ニキビ気になるから」

「ニキビ？　おでこにできたの？」

指摘されて恥ずかしくなったのか、さっと両手でおでこを覆う。それを見て、なんとなくカマをかけてみたくなった。

「額のニキビは思いニキビ、っていうよね。……なるほどね」

「!!」

途端に目が丸くなった。顔が、面白いくらいの速さで赤く染まる。

えっ。

「マジで？　好きな人いるのうぐふぉ!?」

言い終わらないうちに、みぞおちにパンチが入った。

「き、綺麗なフォームだ。いいボクサーになれるぜ……」

「レン、いこ」

ぷいっと顔を逸らして外に飛び出るリンちゃん。ぼくはお腹を押さえてうずくまりながら、乱暴に閉まるドアの音を聞いた。


お昼時になって、『べる』からDMが送られてきた。

【あんまり探らないで。あんたはネットの向こうの人なんだから】

……ネットの向こう、か。

鏡音家で過ごすようになって、彼女のリアルにもだいぶ溶け込めたと思ってたんだけれど、なかなか距離感が掴めないな……。

そんなことを思いながら、ぼくはツイッターのタイムラインを眺めた。

お、新しいツイートが増えてるぞ。

指をスワイプさせて、最新のツイートを確認する。

そして――ぼくはこめかみを押さえた。

「……ねえ、こりゃちょっとないんじゃないですかね、『べる』さん……」

長く長く息を吐いて、ぼくは『べる』宛にDMを送信した。

【今晩、夕食前に話そうか、リンちゃん】


夜7時。

【外にいるよ】

そんなDMを送って、アパートの駐車スペースでリンちゃんを待つ。

スマホをいじっていると、やがてドアが開き、リンちゃんが現れた。パーカーのフードを目深《まぶか》に被っている。メガネに阻《はば》まれて、表情は見えない。

「……」

無言のまま、ぼくの隣に立つ彼女。目を、合わせない。

「リンちゃん、ぼくが何言いたいかわかる？」

「……」

無言。

また、この不遜《ふそん》な態度だ。

リンちゃんは、憧れの歌い手さんだし、大家の娘さんだ。だから今までは大目に見てたけどさ、流石《さすが》に……やっちゃいけない一線というものがある。

ぼくは彼女に、スマホを突きつけた。

表示されているのは、昼間の『べる』のツイート。

【最近、お弁当に凝ってます。今日はチーズ肉巻き。肉を焼く前に片栗粉をまぶしておくのがポイント！】

お弁当の写真に、そんな文面が添えられている。それに対してフォロワーさんたちが口々に、「おいしそう！」「凝ってますねー」と反応している。

「なあリンちゃん。このお弁当、作ったのは誰だい？」

「……」

また答えようとしない。

胸の奥に黒い感情が湧《わ》き出てくる。

また君は、「嘘《うそ》は言ってない」とか減らず口を叩くのかな。そうだね、嘘は言ってないよ。自分で作った弁当だとは一言も書いてないもんね。

でも、そういう問題じゃないってのは、君だってわかるだろ？

「あのさ。ぼくはずっと『べる』を見てきた。でも、その正体がどんな子なのか、どうしてもよくわからなかった」

「……」

「当然だね。鏡音家で過ごしてみて、はっきりわかったよ。『べる』は虚像《きょぞう》だ。家族やネットから仕入れてきた体験談の、ただのパッチワークだ」

何も答えない彼女。全身の血が沸騰してゆく。

「なあ。何か言えよ！」

その肩を乱暴に掴んで、こちらに向き直らせる。

次の瞬間。ぼくは、息をのんだ。

リンちゃんの顔は、涙でぐしゃぐしゃだった。頬《ほお》は涙で濡《ぬ》れてて。鼻水も出てて。

ひどい顔だ。

「……ごめん……なさい」

ぐす、と鼻水をすすり上げる。

虚を突かれて、ぼくは彼女から手を離した。

ぼろぼろと涙の粒をこぼす彼女は、ただのちっちゃくて弱い、女の子だった。

たった今まで全身を支配してた感情が、すっと抜けていく。代わりに体を満たしていくのは、恥ずかしさだ。

相手は中学生じゃないか。

なんでこんな大人《おとな》げない態度を取っちゃってるんだ、ぼくは。

「……こっちも、怒鳴ってごめん。わかってくれてるならいいんだ」

それだけ言って、押し黙る。

気まずい沈黙が、しばらく流れて。

「『べる』はね……あたしの理想なの」

と、リンちゃんがぽつぽつ話しはじめた。

「誰にでも親しく接して、友達がたくさんいて、癇癪《かんしゃく》持ちじゃなくて、コミュ障じゃなくて、一人で何でもできて……」

「うん」

「リアルのあたしは、こんなに駄目な奴《やつ》なのに」

自分を卑下する物言いに、疑問が湧いた。

「……歌が歌えるのは、それで評価されてるのは、リンちゃんの実力じゃないの」

「そんなのはどうでもいいもん。歌で友達と喋れるわけじゃない。ミュージカルじゃあるまいし」

そういうもんですか。

「……あたしがこんな奴だって……みんなには、バラす？」

「そんなつもりはないよ。リンちゃんが反省してくれたならさ」

彼女はほっとしたように表情を和らげた。

「本当の君は、今ここにいる鏡音リンちゃんなんだろ。これからは、嘘をつかないでネットでも素直に自分を出せばいい」

そう言った途端、リンちゃんの顔が、信じられないものを見るような表情に変わった。

な、何だ？

「はんかくさいこと言わんでよ！　それじゃバラされるのと変わんないべさ！」

はんか……なんだって？　どうしてそんなに驚くんだ。ぼく、変なこと言ったか？

「こったらことしたら、それまでの『べる』とのギャップでみんなどん引きするっしょ！　お弁当のことは謝る。でも、『べる』を壊すのはダメだべさ！」

「で、でも本当の自分を出せば、きっと……」

「受け入れてもらえるって？　そんなわけないっしょ！　世間はそんなに甘くないべさ！　人生はハードモードなの！　『べる』は、頑張って築き上げたあたしの聖域なの！　それを守るためには、もうあたしはずっと嘘をつき続けるしかないの！　それに……」

一息でまくしたててから、ふっと声の調子を落とす。

「……わかんないわ。本当のあたしって何だか」

彼女は、ブロック塀に背中を預けて、しゃくり上げた。

「ネットで『べる』になってる時間が長ければ長いほど、鏡音リンっていうリアルの人格も、あたしじゃないみたいに思わさって、あずましくなんだ。ネットでならうまくやれてるんだから、現実でだってもっとうまくやれるはずだべ、今日こそはしっかりやるんだって、学校に行くたびに思う。したって、そう思うたびに、あずってばっかで」

「あず……？」

「……焦《あせ》ってばっかで」

小声で、訂正する。

「なんであたしは……鏡音リンは、こんなにどんくさいんだろ」

彼女の独白で、だんだん納得できた。

こんなにリンちゃんにトゲトゲしい態度を取られる理由は、今までよくわからなかった。ぼくを拒絶したいのかとも思った。

でも、なんのことはない。彼女は不器用で、距離感が掴めていないだけなんだ。

人と仲良くなりたいって気持ちは人一倍強い。だから、ネットでは——ネットでだけなら、あんなにいきいきしてる。

そんな中で現れたイレギュラーが、ぼくだ。リアルに現れた『向こう側』の存在。

だからどう対応していいかわからなくなって、ぼくに対しては過剰に攻撃的な態度を取るようになってしまったんだ。

「でも……やっぱり、『べる』を嘘のままにしてちゃ……いけないよね」

ぽつりと言った彼女の言葉は、震えていた。

彼女なりに、もがいてるんだ。リアルとネットを、どうやって乗りこなすか。

「……あたしが今、『べる』から程遠いってことはわかってる。でもどうせだったら、嘘じゃなくて本当の『べる』に、あたしは、なりたいんだ」

「うん」

「したらさ……お願いがあるんだ」

「お願い？」

「あたしに、料理を教えて」

彼女は赤くなった目を袖で拭いた。

「次にお弁当についてつぶやくときには、嘘をつかずに済むように」

なるほど。『べる』と同じようになるために。リアルでも人とうまく触れ合えるようになるために、その一歩として料理……か。

「わかった。料理ができれば、人付き合いではすごい武器になるよ。ぼくがきみたちと仲良くなったのだって、それがきっかけだもんね」

「……別に仲良くなんて」

「何か言った？」

「う、ううん。……よろしくお願いします」

意外なほどに素直に、リンちゃんは頭を下げた。

＊

リンちゃんリア充化作戦、第1弾。

名付けて、トリート・アンド・トリート・トリート大作戦。

10日後に、リンちゃんたちの学校ではハロウィンイベントがある。大規模な、お菓子の交換会だ。

そこで、リンちゃんが手作りで美味しいお菓子を配れば――、

「これって誰が作ったの？　え－鏡音さん？　すご－い！」「俺にも食べさせてよ！　おおっこれは！　まったりとしていてそれでいてしつこくなく」「鏡音さん天才！」「大好き！　抱いて！」「俺のために毎日味噌汁《みそしる》を作ってくれ！」

そんなふうにクラスメイトが寄ってきて、一気にリンちゃんは人気者に昇格だ。

間違いない。

「……間違いなくないわよ」

リンちゃんに睨まれた。

「何その都合のいい妄想みたいなプランは。舐《な》めないでよ人生を」

「……ほう」

あの夜の素直さは、一夜明けたら消え去っていた。

でも、本心から反抗したいわけじゃないって今はわかってる。ならば、強気に出て差し上げようじゃないか。

「やる前から怖《お》じ気づいたのかい。そうやって最初から諦《あきら》めてても何もはじまらないよ。やれることは何でも試してみるものだよ。それとも、『べる』になりたいって言ったのは嘘だったのかな？」

「……わ、わかったわよ！　教えなさい！」

「良い返事だ！」

そんな彼女に敬意を表して、全身全霊をかけて、素晴らしいお菓子《トリート》の作り方を伝授してしんぜよう！

「では説明しよう。今回のメニューは、やや難易度が高めだが、高火力のオーブンが必ずや君の強力なパートナーとなってくれることだろう。必要となるスキルは、精密な材料の扱い、適切な攪拌《かくはん》、そして正確な焼き加減。その菓子の名は――」

唾《つば》を飲み込むリンちゃんに、ぼくは、高らかに宣言した。

「――マカロンだ！」

リンちゃんの特訓が始まった。

マカロン作りはシンプルに見えて、難しい。少しメレンゲと生地の混ぜ具合や焼き加減を間違えるだけで、無残に失敗してしまう。その上、部屋の温度や湿度すら仕上がりに影響する。

水っぽくなってしまったり、表面にヒビが入ったり、中に空洞ができてしまったり、しぼんだり膨らみすぎたり爆発したり。マジで爆発するんだよマカロン。

けれど、そんな厳しい道を経てお菓子作りを成功させれば、「キッチンに立つ」ことへの自信が、確実に身につくはずだ。

毎日、夕飯後にはキッチンに籠もり、お菓子作りに精を出すリンちゃん。

「リンさー。最近、部屋に籠もらんくなったんじゃね」

「るっさい、キッチンと部屋に同時にいられるわけないっしょ」

ちょこちょこ様子を見に来ては、軽口を叩いたり、失敗作マカロンの味を確かめたりしてるレン君は、多分、心から応援してくれてるんだと思う。

ただ、今まで引き籠もり生活を謳歌《おうか》していたリンちゃんにとっては、この修業はだいぶ負担が大きいみたいだ。

6日目のことだ。

ぼくはリンちゃんの帰りを鏡音家のソファで待っていた。玄関のほうから鍵の開く音が聞こえ、足音がリビングに向かってくる。それを確認し、振り向いた。

「おかえ――」

ふらり。

半ば倒れ込むみたいに、ぼくの隣に座ったリンちゃん。そのまま、小さな頭がもたれかかってくる。

声が出ない。肩に広がる突然の温かい感触。

既にすうすうと寝息を立てている小さな少女を見て、ぼくは反省した。

やっぱり、いきなりマカロンなんて高度なものを教えるのは、間違ってたかな。あえてキツイものを選んでみたけど、もうちょっと簡単なお菓子にすべきだったんじゃないか。

やっぱりグレードは少し下げよう。と、そう思ったのだけれど。

「……メレンゲは……こまかく、あわだてすぎないようにー……」

ろれつの回ってない寝言が、隣から聞こえてきた。

……そっか、ごめんよ。

夢の中でまで練習してるようなら、余計なお世話なんて、しちゃいけないね。

ぼくはきっかり30分、彼女の頭の温かさを楽しんだ。

リンちゃん。起きたら、また頑張ろうね。


7日目が過ぎ、8日目が過ぎ――。

そして、ハロウィン前日の夜が、やってきた。

150度で15分。オーブンがタイマーを鳴らした。

二人で生唾を飲み込んで、その扉を開く。

「……できた」

溜息を吐きながら、リンちゃんが呟いた。

オーブンの中の鉄板には、綺麗な円盤状のマカロンが並んでいた。

「ねっ、ねえ！　これ成功だよね！　あたし、マカロン作れたんだよねっ」

キラキラ光る目でこちらを見て、跳《は》ね回る。

こんなにいきいきとした顔は、初めて見る表情だった。女の子だなあって思う。

「おっ、いい匂いするっしょ」

ふらりとキッチンに現れたレン君は、家の中なのに黒いコートを着て襟を立て、髪をオールバックに固めている。

「何その格好」

「ヴァンパイアさ。似合う？」

ハロウィンイベントでは、一日だけ校内での仮装が許可される。生徒たちは思い思いの格好で、お祭り騒ぎを楽しむのだ。

「お菓子をくれなきゃいたずらするぞ！　ってね。1個もらうよ」

「ダメ！　これは明日みんなに渡すんだからっ。レンはバナナでも食べてて」

鉄板の上のマカロンに伸びかけたレン君の指を払いのけ、キッチンの棚の上、バナナ掛けを指さすリンちゃん。

どうでもいいけどバナナ掛けなんてのがあるあたり、やっぱ鏡音家ってセレブだと思う。……そもそも、バナナはお菓子《トリート》に入るのか？

「リンは仮装しないんかい？」

「するわけないっしょ。あたしは人生のかかった真剣勝負があっから。そんな浮かれ気分で遊んでる奴らと一緒にされたくないべさ」

「……ふうん」

レン君は怒るでもなく、ひょいと首をすくめて、バナナを剥《む》いてもぐもぐ頬張《ほおば》りながら、部屋に戻っていった。


翌日。

いつもどおりの、鏡音家の朝食の席。

リンちゃんは、頭をゆらゆら揺らしながら、夢と現《うつつ》の狭間《はざま》でなんとかトーストを口に押し込んでいる。食事前に顔を洗って髪を整えたはずなのだけれど、今日はいつにもまして眠そうだ。

「昨日、あれからもマカロン作り張り切ってたんですよ。数えたら50個を超えてました」

「あはは、クラスの人数超えてるでしょ。どんだけ配るつもりだ」

まあ気持ちはわかる。料理ができるようになると、作るのが楽しくて、つい作りすぎてしまう。ここまでくれば、自発的にキッチンに立つようになる日も遠くない。

……まあ、あんまり朝に影響しない範囲でやってほしいけどね。

なんせ、リンちゃんの今日の寝ぼけっぷりはものすごい。自分の頭の上に、いつもとは違うものが載っかっていることにも気づかないくらいだ。

彼女はいつも、リボンのカチューシャをつけている。けれど今日、その代わりに彼女の頭にあるのは……猫耳だ。白い猫の耳がついたカチューシャが、頭の上にちょこんと載っかっている。

リンちゃんにこんなことをした犯人は……ずばり、この中にいる！

はい、ぼくがやりました。犯人はここですおまわりさん。

昨日、レン君が用意していたハロウィンの仮装グッズ。その中にあった化け猫仮装用の猫耳カチューシャを、こっそりいつものとすり替えてみたのだ。

「リンの奴、いつ気づくんでしょうね」

「登校前にはちゃんと戻してあげないといけないね」

さすがに登校時には仮装は許可されていない。あのまま学校に行ったら、校内一の浮かれ者になってしまう。

やがて食事が終わり、お皿洗いをしていると、時刻はもう8時近くだ。リビングのソファに足を投げ出してPSPをやってるレン君に声を掛ける。

「もう行かなくていいの？　あとリンちゃんは……どこ行っちゃったんだろ」

「部屋で二度寝でもしてるんじゃないですかね。呼んできます」

そう言って廊下に出たレン君は、すぐに慌てて戻ってきた。

「あいつもう出掛けたみたいです」

「えっ……カチューシャって元に戻した？」

ぼくの言葉に、レン君がこわばった表情で、手に持っていたものを見せる。

……リボンカチューシャ。いつもつけてるやつだ。

ということは、リンちゃんが今、つけてるのは。

「まずい、電話して知らせてあげないと！」

レン君が携帯を取り出し、リンちゃんの番号にコールする。

すると着メロが流れてきた。2階から。

「……リンの部屋、ですね」

「だね……」

校内一の浮かれ者が決定した瞬間だった。


その日、『べる』のツイッターは更新がなかった。レン君から「携帯渡しました」ってメールは入ってたんだけどな。

こちらから様子を窺うのもおかしいしなあ。もやもやした気持ちで、一日を過ごす。

カラオケ屋でのバイトを済ませ、晩ご飯の準備で鏡音宅にお邪魔した午後5時半にも、まだリンちゃんは帰っていない。いつも放課後は家に直行！　の模範《もはん》的帰宅部を貫いている彼女にしては珍しい。

「んー、なんか用事あるみたいですけど、夕方の内には帰ってくるって言ってました」

「夕方って……いつまでだろう」

レン君が事も無げに言うので、事件に巻き込まれてるとかじゃないんだろうけど。

「それよりレン君、学校でリンちゃんと話せたんだよね？　猫耳の件って怒ってなかった？」

「あ、意外と平気でしたよ」

「マジで!?」

あのリンちゃんが、そんな寛大《かんだい》な心で許してくれるとはちょっと信じがたいんだけど。まあ……助かった、と思っておこうか。

ようやくリンちゃんが帰ってきたのは、夕方というのは少し厳しい時刻、6時半だった。

「リンちゃん、おかえりなさい」

リビングで出迎えた瞬間、彼女の腕がこちらに向かってニュッと伸びてきた。

「ひい！」

「……？　何してるの」

身をすくめたぼくとは対照的に、ジャガイモの皮（どうやら服にくっついていたらしい）を指でつまんだ彼女は、きょとんとしている。

あれっ、猫耳の件、本当に言い出さない。ほっと胸を撫で下ろした瞬間、

「あのさ。やっぱマカロン、ほとんど意味なかったわよ」

「えっ……」

ショックな報告が飛んできた。不意打ちだ。

「お菓子用意した子は仲のいいグループで交換するだけ。あたしのマカロンのことなんて誰も興味な

い。あたしってクラスでもぼっちだから、せっかく作ったのに大量に余っちゃった」

「……嘘だろ」

あんなに頑張って練習したのに。

胸の奥が締め付けられる。悔しい。力になれなかった。

「それよりさ……」

すっと目を閉じて、話題を変えるリンちゃん。再び目を開いたときには、
ギロリ。

その瞳の奥には殺意が宿っていた。背後にオーラが見える。虎《とら》の形のオーラが見える。

「あたしが何言いたいか、わかってるよね？」

「あの……ね、猫耳のことですかね」

ぼくの予想通り、リンちゃんがスクールバッグから取り出して握りしめたのは、猫耳カチューシャ。
レ、レン君！　話が違うじゃないかーっ！
「ごめんなさいは？」

「……はい、ごめんなさいーっ！」

低い声のリンちゃんに、慌てて土下座する。今なら肉焦がし骨焼く鉄板の上でも土下座できそうなくらい、本当にすまないという気持ちで胸がいっぱいです……！

しばらくそうしていると、ふう、と頭上で溜息が聞こえた。

「あのさ」

「はい」

「……友達、できた」

「はい？」

　顔を上げる。リンちゃんのふくれっ面が見えた。

「今朝《けさ》、カチューシャのこと気づかずにクラスに入っていったらさ、クラス中、ざわってどよめいて。あたし、とっつきづらいって思われてたから……でも、これ見てクラスの子が話しかけてきた。ネタだと思われたっぽい」

「おお……」

　さすがにその展開はぼくも読めなかった。

「お菓子の話、その子とはできたよ。『鏡音さんってお菓子作りできるなんて思わなかった。話してみると全然印象が違う』って、言われた」

　そうだ、さっきリンちゃんはマカロンについて、『ほとんど』意味がなかったと言っていた。つまり、少しは……意味が、あったんだ。

「今日はその子と放課後遊んできて、それで帰りが遅くなった。……これ、なんか、会話のきっかけになったみたい」

　そう言って彼女は、猫耳カチューシャをそっと撫《な》でた。

「だから……ありがと」

リンちゃんがクラスに溶け込むきっかけは、意外な形でやってきた。

リア充化作戦は、第1弾で打ち止めだ。いや、そもそもそんな作戦自体が必要なかったのかもしれない。

「リンちゃん。世の中さ、思ったよりイージーモードなのかもね」

「……さあね」

いつも通りつっけんどんなリンちゃんの声は、けれどいつもより優しく聞こえた。

＊

平穏な日々が流れた。

初雪が観測される頃には、リンちゃんの手料理が鏡音家の食卓に並んだ。ちょっと味の薄い肉じゃがだったけど、味以上に美味しく感じられた。

それ以来、鏡音家の食卓準備をぼくが担当することは少しずつ減っていった。いや、なんだかんだで食事にお呼ばれしているけど。

年末のリンちゃんレン君の誕生日には、シュガーペーストでミニチュアリンレン人形を作って、ケーキに飾ってプレゼントしてあげた。

「次はあたしもこれよりすごいの作ってやるから」

「いいだろう、叩きのめしてやろう！」

リンちゃんの宣言は、内心めちゃくちゃ嬉しかった。負けん気が強い子だぜ、まったく。

冬休みのリンちゃんは、外に遊びに行くことが多くなった。ハロウィンのときにできた友達と仲良くやってるらしい。ぼくと出会った当初はレン君に「引き籠もり」と言われていたのに、変われば変わるものだ。

『べる』のツイッターでも、背伸びしたツイートは少しずつ減っていった。そのかわり、飾らない等身大の日常ツイートが多くなった。

『べる』と鏡音リンの距離は、徐々に、けれど確実に近づいている。

そうして年が明け、3学期が始まり――。


2月10日、日曜日。

いつものように鏡音家での朝食が済んで、自宅に戻ろうと思ったところで、リンちゃんに呼び止められた。

「ねえ……今日、あんた予定ある？」

「え、暇だけど」

「じゃあさ……ちょっと一緒に買い物に来てほしいんだけど」

珍しいこともあるもんだ、と思いながら自宅で髪をワックスで整える。毛玉のついたパーカーを脱いで、襟付きのジャケットに。一応女の子とのお出かけですからね。

ばっちしキメて舗道に出ると、ぼくを待っていたリンちゃんが、はあ、と眉に皺《しわ》を寄せた。

「……なんでそんな気合い入った格好してるのよ」

「リンちゃんも、隣を歩く男は恥ずかしくない格好のほうがいいでしょ」

「すでに存在が恥ずかしいから大丈夫。勝手に隣にいなくていいから。あたしの三歩後ろを歩いてきてよね」

「ぼくは大和撫子《なでしこ》か！」

すたすた歩き出していったリンちゃんの後を追う。三歩分三歩分。

「ていうか、リンちゃんこそ、そんなん着てるの見たことないぞ」

ベージュのポンチョと赤いフレアスカート。随分大人っぽい格好だ。まるで今日のためにお洒落《しゃれ》したみたいじゃないか。

「……先週買ったのよ。新しい服着ちゃ悪いの？」

「いやー。なんていうか、デートだねー」

ダイレクトな単語を出してみる。さあ動揺したまえ。

けど、リンちゃんは、ハ、って鼻で笑っただけだった。あれっ。

到着したのは、駅前の大きなスーパー。

今日の目的、分かってきたぞ。というか、馬鹿でも分かるぞ。

足の向かう先は製菓用品コーナー。そこには盛大にアレがディスプレイされています。明後日《あさって》2月14日といったらアレですよね。バレンタインデー！

「謎はすべて解けたよ。リンちゃんはぼくのアドバイスが欲しくてたまらないんだねえ、そうかそうか。うんうん」

「うっさい」

むすーっと顔をしかめるリンちゃん。照れてる照れてる。

チョコを贈る相手は誰なんだろうか。わざわざぼくを連れてきたってことは、もしかして……何か期待しちゃってもいいんでしょうか。

いや、中学生相手に浮かれてるわけじゃないですよ？　本当だよ？

上機嫌なぼくに、リンちゃんは不機嫌に言う。

「……分かってんなら、教えなさいよ」

「教えるって何を？」

意地悪く訊《き》いてみたら、恥ずかしそうに彼女は目を伏せて、

「だっ、だから……。あたし、男の人の好みとか全然わかんないし。男の人ってやっぱ甘いチョコよりビターのほうがいいのか、とか……」

最初強かった声が、最後の方では消え入るようだ。

うんうん、よく言えました。

「男も意外と、甘いものも好きなもんだぜ。少なくともぼくは大好きだ、レストランの角砂糖を人目を盗んでパクパク食べるくらいにはね」

「それお行儀悪いからやめたほうがいいと思う」

「あ、はい」

冷静なツッコミが入った。

「あと他にも訊きたいんだけど！　あのさ、チョコの形って凝ってたほうがいいのかな……。それともシンプルなほうがいいのかとか……ハート形……だと……引かれちゃうかな、とか……」

また、フォルテで始まった声がどんどんデクレシェンドする。面白いな。

「うーん、難しいとこだね。せっかくなら凝りたい気持ちもあるだろうけど、手作り感を出したほうが嬉しくなることもある。……まあ、ぼくはどんなのでも嬉しいけどさ」

「あんた自身の意見はどうでもいい」

「あ、はい」

ツッコミは厳しいです……。しゅんとしたところで、

「リン！」

突然、声が掛けられた。見ると、ひとりの女の子がこちらに手を振っている。長い髪を両サイドで

結んで、白いダッフルコートを着ている。

「えっ、ミク!?」

「偶然だねー。やっぱ材料買いに来たんだ？」

たったった、と小走りに近寄ってきた彼女とリンちゃんが、絶妙なタイミングでぱしーんと手を合わせた。

おお、女の子みたいだ。

そんな感想を抱いてから、そりゃ女の子だよなって思い直す。

「あたしも手作りにしよっかなーって思ったんだけどさ、うまくいかないし、結局妥協して市販かなって。リンはこういうの得意だからいいよねー。わたしにも教えてよー！」

「そんな得意ってわけじゃないけどさ、やれることはやっときたいし」

「おー、気合い入ってるじゃん！　ついに告白すんの？　せっかく席替えして隣の席になったんだもんね」

「まーね。ミクはどうすんの、先輩もうすぐ卒業じゃん」

「そうなんだよねー！　迷ってる暇ないんだよね……お互い頑張ろうー！」

わーん、って口を大きく開いてリンちゃんを抱きしめる、ミクちゃんっていう子。

見てて気づいたことがいくつかある。

まず一点、応じるリンちゃんの顔は、いつものしかめっ面とは違って、随分楽しそうだ。本当に、いい友達ができたんだな。良かった。

次の点、どうやらリンちゃんの思い人というのはクラスメイトの隣の席の奴らしいということ。つまりぼくは結局蚊帳《かや》の外だと確定しました。いや、悔しくなんてないですけど。ですよねーって気分ですけど。去年そういう話、しましたもんね。覚えてますよはいはい。

そして最後に気づいたことは……談笑してるリンちゃんたちと、ぼくの距離がさりげなくどんどん開いてるということ。

何を話してるか距離が遠くて分からない。くそっ、何をそんなに楽しそうにしてるんだ。

「デ、デートとかじゃないし!」

いきなり荒げられた声に、ぎょっとしてリンちゃんを見る。ミクちゃんも目を丸くしてる。

彼女は自分の声に自分で驚いたのか、あわあわと周りを見渡してから、やがて目を鋭くしてぼくを睨んで、

「うー、あんたがあんなくっだんないこと言ったせいで……」

「?」

恨み言ひとつ呟いて、ぷいっと顔を背けた。

ちょっと考えて、思い出した。今日出がけに言った軽口。デートだねーってやつ。実は結構意識してたんですか。

と、そんなぼくたちのやりとりを見てか、

「あー、この人が例の」

あはははは、と大声で笑い出すミクちゃん。なんだなんだ一体何なんだ。

その後、リンちゃんたちはぼくの分からない話題に戻ってしまった。買い物も済んでなかったので、レジにも行けずにぼくはひたすら暇を持て余した。

……結局、買い物が終わった帰り道、リンちゃんに「例のって何さ」って詰め寄ったけど、ひたすら頑《かたく》なにスルーされた。

ま、いいんだけどね。大人の余裕で許してあげます。

ただ少しさみしくなることはある。

これだけ時間が経っても、やっぱり「ネットの向こうの人」の立場は変わらないのかなあ。


さてやって来ました14日。バレンタインデー本番。

リンちゃんは、手作りの生チョコを綺麗にラッピングして登校していった。

朝に玄関先で「頑張って」と声を掛けたところ、こちらをふくれっ面で振り返って、また何か減らず口を叩くのかと思いきや、こくりと頷《うなず》いて出ていった。

本気、ってことなんだろうな。

そしてぼくは、昼の大学の後、夕方にはカラオケ屋でバイトのシフトが入っていた。

今日の店は、なかなか盛況だ。店長とバイト一人でなんとか回せるレベルとはいえ、決して暇ではない。

次のバイトが来るまで30分。いっつも携帯をいじってる金髪の子だけど、今日は人手が欲しいなあ。早く来ないかな。

「いらっしゃいませー」

カウンターにいる店長の声が聞こえた。また新しいお客らしい。よく来るな。

手が空いたので、ちらりと様子を窺う。カウンターの向こうに見えたのは、よく見知った顔だった。

学校指定のダッフルコートに、頭の上にリボンが目立つ、メガネを掛けた女の子。

リンちゃん。

その表情は、なんだか暗い。いや、あの子が明るい顔をしてることは多くないけど、そういうのとはレベルの違う、世界が終わる系の暗さだ。

やっぱあれですかね。バレンタインの告白、失敗したのか?

せっかく頑張ってチョコ作ってたのになあ。石畳チョコ。生クリームを混ぜた柔らかい生チョコにココアパウダーをまぶし、さらに一手間、上から粉砂糖でデコレーション。ブラウンとホワイトのコントラストが見た目にも楽しい一品になっていた。彼女の想《おも》いが見た目からもこぼれ出るような……。

「ちょっとちょっと、こぼれてますよっ！」

店長の声で我に返った。はっと手元を見ると、ジュースがコップから溢《あふ》れて、お盆の上に溜《た》まっていた。

やばい。いつもならこんなミス絶対やらないのに。

「すいません、今片付けます」

店長にぺこりと頭を下げて、布巾を手に取る。

その背後から、店長の声が投げ掛けられた。

「君のシフト、今日はここまでにしましょうか」

「えっ」

「気になってるの、さっきの子でしょ？　見てればわかります」

でも仕事はどうするんだ。次のバイトの子が来るのはまだ先ですよ店長。

そう思って動けずにいるぼくに、

「さ、206号室ですっ」

店長が、親指を立ててこちらに伸ばす。クビじゃなくて、今度こそGJのサインだ。

「……ありがとうございます！」

ぼくはキッチンを飛び出した。

エレベーターに飛び乗り、2階で降りて、廊下の一番奥のルーム、206号室へ。

ルームには、あの曲が流れてる。

ぼくがリンちゃんと初めて会ったときにも流れていたボーカロイドの曲。

でも、そのオケに乗っているはずの歌声は、聞こえない。

「リンちゃん！」

ドアを開けると、ソファに膝《ひざ》を抱えて座る、メガネの女の子がいた。

驚いたようにこちらを見ていた顔に、笑みが浮かんだ。

「何、仕事抜け出してきてんのさ」


「2年生になってすぐね。好きな歌い手は誰かって話題で、友達と盛り上がってる男子がいたの」

リンちゃんは、そう語りはじめた。

「横でこっそり聞いてたら、『べる』が好きだって、そいつ、言ってたんだ。そんなこと言われたら、意識しちゃうじゃん」

「でも正体は、リアルでは秘密にしてるんだよね」

「そう。絶対言わないって決めてた。去年の終わり頃からは、あんたのおかげで『べる』で嘘をつくこともなくなったけど、それでもネットとリアルは絶対混ぜるもんかって、あたし思ってたよ」

まあ、それでも意識しちゃうのはしょうがない。

「それから気になり続けて、どうしようかなって思ってたら……3学期の席替えで、隣の席になれた。ミクもそれって運命じゃんって言ったし、ますます意識するようになって。だいぶ仲良くなれたのよ。それで、今日、告白した」

「……結果は？」

「困った顔、された。だからあたし、焦って言っちゃったんだ。あたし『べる』なんだよって。そしたら、態度がいきなり変わって……逆に向こうから、付き合ってくれって」

「それ、受けたの？」

ぶんぶん、と首を横に振る。

「何も言わないで、逃げて来ちゃった。おかげでチョコも渡せてないまんま」

ちらりと目線を向けたスクールバッグには、綺麗にラッピングされたチョコの箱が飛び出していた。

「あたし……わかんなくなっちゃった。好かれてるのはあたしなのか、『べる』なのか」

リンちゃんは背中を丸めて、籠もった声で呟く。

「それでさ、あたし、なんか知らないけどこのカラオケに来てた。『べる』と、鏡音リンと、両方の間にいる誰かに……話を聞きたくなったの」

どくん、と心臓が強く鳴った。

……今、リンちゃんが、ぼくに頼っている。

彼女にどういう言葉をかければいい？　所詮《しょせん》、ぼくは彼女の様子を外からしか眺めていない。それで分かることなんて――、

……あ。

思い当たった。

ぼくは、整理するように、ゆっくりと話しはじめた。

「リンちゃんは、前に、『べる』になりたいって言ってたよね。……でも、もしかしたら、『べる』は鏡音リンになりたくなかったのかもしれないね」

リンちゃんの頭の上に、でっかいハテナマークが浮かんだ。

「どういうこと？」

「えっと……つまりさ」

リンちゃんは度々「ネットとリアルを分ける」って言っていた。ぼくはずっと、その理由は『べる』が嘘をついていることに対しての引け目からだと思っていた。

でも、その本当の理由はきっと違うんだ。

秋のお弁当事件のとき、ひとつ不思議に思ったことがあった。

人気歌い手といえば、格好のステータスだ。リアルでも好印象の材料にならないわけがない。なのに、それをリンちゃんは「どうでもいい」って言った。

彼女は最初から分かってた。歌での評価が、彼女自身の評価とは別のものだって。

「求めてるものが違うんだよ。鏡音リンは、リアルで人と仲良くしたいって思った。歌い手としてじゃなくて、自分を見てほしいって思った。けれど逆に『べる』が見てほしいのは、純粋に歌だけ。だからそれを混ぜて捉《とら》えられるのが、嫌だって思った。……違う？」

リンちゃんが、目を丸くした。

確かめるように、噛《か》みしめるように、呟く。

「……そう、かも。リアルの評価なんていらない。ただ歌いたい。純粋に歌を褒められたい。『べる』は、そういう存在。そうだと思う」

「ボーカロイドみたいな？」

今この部屋に流れている曲。その原曲を歌っていた、機械の歌姫。

「あはは、あたしがボーカロイドか。それ、いいわね」

ひとしきりリンちゃんは笑う。

曲が流れ終わって、部屋が明るくなった。そこで、彼女はすっくと立ち上がった。携帯を手に持ち、ボタンをピッピッ、て操作してから、耳に当てた。

「……リンちゃん？」

「あいつに電話する。あたしの気持ち、全部伝えてやる」

プルルル、とコール音が響く。すぐに、相手に繋がったみたいだ。

リンちゃんは淀《よど》みなく電話口に喋る。

「あのさ、ごめん。さっきあたしは『べる』だって言ったけど、やっぱあれ嘘。あたしは鏡音リンであって、それ以上でもそれ以下でもない。だからあんたにチョコ渡そうとしたのは、ナシってことでよろしく。じゃ、そういうことで」

一方的にそれだけ言って、電話を切ってしまった。

そして彼女は、大きく息を吐いた。

「終わっちゃった。あたしの初恋」

「君さ、また誤解されるような言い方して……」

「あんたのさっきの説明通りでしょ？」

「……まあ、そうだけど」

晴れ晴れした顔で笑う彼女を見て、何か言うのは諦めた。

不器用だけど、それがリンちゃんのやり方なら……ま、いいか。

「あとさ」

と、リンちゃんはスクールバッグからピンク色の箱を取り出す。

「余っちゃったチョコ……一人じゃ食べきれないし、あんたも食べる？」

「……！」

何だか胸にこみ上げてくるものを感じて、たまらなくなって、ぼくはその箱を彼女の手から奪い取って、中のチョコを、ザ――って一気に口に流し込んだ。

ああ、苦いチョコだなあ。

完璧《かんぺき》な出来栄《できば》えのチョコで、蕩《とろ》けるように甘い味のはずなのに。不思議だなあ。

そんなふうに、もぐもぐとチョコを味わうぼくに、リンちゃんのパンチが飛んできた。

「全部食べていいとは言ってないっ！」

「うぐっ」

やっぱり、リンちゃんはいいボクサーになれると思う。

＊

その後。

リンちゃんは鏡音リンとして、友達と楽しく過ごしている。

同時にネットでは『べる』は今日も歌う。

ぼくはといえば、ツイッターで『べる』の新作ツイートを拡散しつつ、鏡音家に足を運ぶ。

ふと思う。

人にはそれぞれ、適切な居場所の探し方がある。悩んでもがいて、そうやって居場所を見つけ出すんだろう。

そして、ぼくの居場所は、この鏡音家だ。

食卓に並ぶのは、オムナポリタン。半熟のとろとろふわふわで、バターの香りが鼻をくすぐる。

「リン、ほんと料理うまくなったよな」

「レンも練習してみる？」

「うーん……考えてみんべー」

そんな二人の会話を聞きながら、一口、スプーンを口に運ぶ。

――こ、これは。

昔ぼくがカラオケでリンちゃんに作ってあげたものをベースに、さらに改良が加えられている。ナポリタンの味にコクを加える、一工夫。

「……味噌《みそ》か。この発想はなかった」

「言ったでしょ、次は叩きのめすって」

にやりと笑うリンちゃんに、ぼくは不敵な笑みを返す。

なかなかやるな、小娘め。

レン君の苦笑交じりな視線も構わず、ぼくは強く、こう宣言したのだった。

「いいだろう、今回は負けを認めよう……でも次はこうはいかないぜ。さらに美味《うま》いもの作ってやる、師匠《ししょう》の面目を賭けてね」

さあ、リベンジだ。

今夜は早速、この愛弟子《まなでし》を打ち負かす料理のレシピを考えたい。

転校してきた鏡音さんの歌声を独り占めしたい。

鏡音《かがみね》さんが、スタジオに立っていた。

目を閉じて、背筋を伸ばし、伸び伸びと口を動かす。間違いなく、彼女は歌を歌っていた。

——混乱した。

なぜなら、彼女は声を失っているはずだから。

歌うことも喋《しゃべ》ることもできないんだと、ぼくはそう思っていたんだ。

＊

鏡音さんが転校してきたのは、5月。中間テストが終わった次の日のことだった。

朝のホームルームで、担任の氷山《ひやま》先生の後ろについて、彼女は教室に入ってきた。

小柄な女の子。明るい色の髪は首元で切り揃《そろ》えられ、頭に揺れる大きなリボンが目を引く。

けど、それ以上に特徴的なのは、その脇《わき》に抱えられたスケッチブック。

A3サイズのそれを大切そうに抱きしめ、小股《こまた》で歩く姿は、まるで小動物だ。

と思って見ていたら、彼女は盛大にずっこけた。

ずざざー、とスケッチブックが教壇を滑《すべ》っていく。

……どうやら、床と教壇の段差につまずいたみたいだ。スケッチブックに阻まれて足下が見えなかったのだろうか。それとも、ただのドジっ子か。

大丈夫ですかっ、と駆け寄る氷山先生に手を取ってもらい、涙目で鼻をさする転校生。よろよろと教卓脇に立ち、先生からスケッチブックを受け取る。

「それじゃあ、挨拶《あいさつ》……は、自分でできる？」

先生の言い回しで、今更ながら気付いた。

——そうだ、彼女はあれだけ豪快《ごうかい》に転んでおきながら、悲鳴のひとつもあげない。

彼女は先生に頷《うなず》くと、スケッチブックをトンと教卓の上に置き、開いた。

そこには丸っこい丁寧な文字で、こう書かれていた。

【鏡音リンといいます。

事情があり声を出せません。

お世話おかけしますが、よろしくお願いします。】

1時間目が始まるまでは、まだ時間がある。

中間テストで雰囲気が張り詰めていた昨日《きのう》からは一転、クラスは解放感に満ちている。

そんな中でも、とりわけ騒がしい声が、教室の後ろ側から聞こえてきた。

グミだ。

猫みたいな目のクラスメイト。女子にも男子にも分け隔《へだ》てなく接する明るい性格で、スタイルもいいのでうちのクラスでの男子人気は高い。

グミの席は一番後ろの、廊下側から数えて2番目。そして、鏡音さんが座ることになった席は、一番廊下側。つまり二人は隣同士だ。

好奇心旺盛《おうせい》なグミが、今まさに鏡音さんの大歓迎会なう、ってとこだろう。

声の出ない相手と組んで、よくあんなに騒げるもんだな。と思ってそちらに視線をやったところ、グミと目が合った。

猫目が細くなって、にんまりと手招き。これが本当の招き猫、ってか？

しかし、なんでぼくが。そりゃグミとは割と仲がいいけど、転校生の女の子に真っ先に紹介されるような社交的な人間じゃないぞ。

のそのそと席を立ち、二人の方に足を向けると、

「ねえねえ、鏡音さんって面白いんだぜーっ」

グミが人差し指をちょいちょいと机に向けた。広げられたスケッチブックに、丸い文字が並んでいる。

【北海道です。

こちらは暑いですね。

弟がいます。

音楽をきくのが好きです。

帰宅部でした。】

「こちらが会話のログとなりまーす」

「ログって……」

グミの表現は独特だけど……納得。確かにこれは会話の流れのログだ。前に住んでいた場所の話から、家族の話、趣味の話、部活の話と移ってきたところか。

「いやー、あたし憧《あこが》れるにゃー。普通に過ごしてるだけで日常会話が全部ロギングされるんだよ。こっちはツイッターやエバーノート、パイプスでのＲＳＳ化を駆使してライフログの見える化に日々挑戦してるってのにさーっ」

「……はあ。よくわかんないや」

興奮すると、グミはよくわからない単語を喋り出す。

自己申告によれば、彼女は実はネット世界でも名高いハッカーなんだそうだ。最初聞かされたときには、ぼくも半信半疑だったんだけど。

「それよりさ、ぼくに用があったんじゃないの」

「あー！　忘れてた、あのさあのさ」

グミが口を開きかけたそのとき、チャイムが鳴った。１時間目の授業が始まる。

「あちゃぁー。まあこの話はまた後で！」

しゅたっと手を顔の横につけるグミ。ぼくは軽く手を振って応じ、自席へと戻った。

……訳のわからない一幕だった。

けど、ひとつだけわかった。

それは、グミが鏡音さんのことを随分気に入ったということ。

喋れないハンディキャップがあって、鏡音さんはこの先ちゃんとうまくやれるのかって、少し思ってたけど。

グミがついてるなら、一安心だ。


1時間目は数学だった。授業の後半、教室は悲鳴とか雄叫《おたけ》びとかに埋め尽くされて、それが授業後にまで引きずられた。

学級崩壊ってわけじゃない。単に、中間テストが返却されたってだけだ。

こういうとき、置いてけぼりを食らった気分になる。なんでみんな、テストの結果程度で一喜一憂《いっきいちゆう》できるんだろう。

ぼくにとっては、テストの点数はただの意味のない数字だ。赤点を取らなきゃそれでいい。テスト返却なんて、無感動に過ぎていくイベントのひとつに過ぎない。

——ぼく、一人だけなら。

「おう、結果はどうであったか」

やたら時代がかったセリフが上から降ってきた。

ぼくは長身のクラスメイトを見上げ、

「88点だったよ、神威《かむい》」

「小癪《こしゃく》なっ！　あと一歩だったというのに！」

彼は長い髪を振り乱して嘆く。切れ長の目をしたイケメンが台無しだ。

あんまりに悔しがるもので大丈夫かなと思ったら、その勢いのまま、彼は机に脛《すね》をぶつけてすっ転んだ。87点の答案用紙が空を舞った。

クラスメイトたちの視線が集まり、どっと笑いに包まれた。

「リアクションなら最高点だね」

「貴様、嫌味かっ！」

「まあね」

澄まして答えるぼくに、神威はお尻《しり》の埃《ほこり》を払いながら、

「まあ、お前の天下も今回までと思え。その鼻《はな》っ柱《ぱしら》、次こそは叩《たた》き折ってやるぞ」

「剣で？」

「ふはは、それでも構わぬがな」

武士っぽい口調と、どちらが卵でどちらが鶏かは分からないけれど、神威は剣道をやっている。試

合では2年生にもかかわらず大将戦を任されていると聞いた。

当然、文化系の敵《かな》う相手じゃない。

「やめとくよ、勝てない勝負はしたくないからね。それに放送部で忙しい」

「忙しい？　放送部って、朝礼サボれるから入ってるだけであろう」

「ばれたか」

なんて会話をしているぼくらの間に、1枚の答案用紙がずいっと差し出された。

「にっひっひ、あたしの優勝ー」

答案の右上には、「100」の文字が輝いている。その主は、グミだ。

「おおグミ、流石《さすが》やりおるな」

神威も素直に感心する。満点相手じゃ対抗意識も吹き飛ぶよな。

「にゃはは、まーハッカーたるもの、この程度の数学は嗜《たしな》みですよー」

「よもや、そのハッキングを使ってカンニングしたのではあるまいな？」

「にゃ！　失礼な奴《やつ》だねー！　あたしのこのゴーグルは正義のためにあるんだぜっ」

額の上にカチューシャみたいにつけてるトレードマークのゴーグルを、両手の人差し指で、くいっと持ち上げるグミ。

ゴーグルは特注の小型端末なのだそうだ。いつでもどこでも臨戦態勢《ハッキング》ってわけだ。

ちなみに、うちの学校は電子化特区に指定されていて、セキュリティを含めた色々なものが電子化されている。そりゃもうやりすぎじゃないかってくらいにだ。職員室などの部屋は生徒が入れないようにカードキーで電子的に管理されてるのだけど、そういう権限情報もグミにかかれば簡単に書き換えられてしまうのだそうで、事実上、この学校はグミの天下だ。

って、グミが言ってた。ハッカー怖い。

「ほう、ハッカーなのに、正義……とな」

「あのねー！　悪いハッカーはクラッカーって言うの。ハッカーは正義なの！　そんなこと言う奴は、ビッグ・アルで踏みつぶすよーっ？」

「ほらほら、やっぱり悪いハッカーではないか」

わいわい騒ぐ二人。

ちなみにビッグ・アルとは、学校に配備されたガーディアンロボの愛称だ。侵入者を見つけると撃退するために動き出すらしい。

グミと神威は幼馴染《おさななじみ》で、こういうふうにしょっちゅう絡んでいる。ぼくがグミと仲良くなったのも、神威を間に挟んだからだ。

彼らがいるから、ぼくの学校生活はだいぶ過ごしやすくなっている。ありがたい限りだ。

その時、つんつん、とぼくの腕がつつかれた。

ちょこんと立っていた小柄な女の子。鏡音さんだった。

びっくりした。無言で隣にいないでくれ……っていっても、声を出せないんだもんな。

彼女はスケッチブックに書かれた文字を、ぼくに押しつけてきた。

【放送部なんですよね？】

「えっ、あ、うん、そうだけど」

ずずいっとぼくに顔を近づけて、彼女はスケッチブックに文字を書き足す。

【わたし、入部希望です。】

「おー、そうそう！　朝はそのこと話そうと思ってたんだった」

ぽんと手を叩くグミ。

「でも、運動会でアナウンスしたり、お昼の放送やったりするんでしょ？　リン、そんなん大丈夫なん？」

「できると思うよ」

不安げなグミに、ぼくは説明してやる。

「放送部って、外から見るとアナウンスの仕事が目立つけど、もっと大事なのは機材をいじるほう。ミキサーっていうんだけど、それなら声出す必要はないからさ。部員でも、人気あるのはアナウンスばっかだから、ミキサー希望の人が入ってくれるのは、むしろ助かる」

鏡音さんがこっちを見て、こくこくって頷く。

そして彼女は、スケッチブックに大きな文字を書いた。

【どうか、よろしくお願いします！】

放送部の活動は、大きく3つに分けられる。

まず、週一の朝礼をはじめ、運動会、文化祭、文化交流会など行事のときに、スピーカーを設置したりビデオを撮影したりする仕事。

次に、昼休みの放送。この部活の花形と言っても過言ではない。部員が日替わりのローテーションで担当して、それぞれが思い思いに個性を発揮する。

最後に、下校放送。これもローテーションで担当する仕事だけど、放課後ずっと残っていないといけないので不人気だ。のんびり放送室で誰《だれ》にも邪魔されずに備品の本を読んだり昼寝したりできるので、ぼくは逆に下校放送の担当が一番好きなのだけど。

また、月曜日と木曜日の放課後は読み練の日になっている。読み練というのは、発声練習や行事でのアナウンスの練習のことだ。

もっとも、真面目《まじめ》に練習する部員なんてほとんどいなくて、実質、月曜木曜はみんな放送室に雑談しに集まってるだけだけど。

読み練の日に鏡音さんが部員たちに挨拶を済ませた後、彼女はぼくと同じ火曜班に配属されることになった。

そして、いよいよ次の週の火曜日。

昼休みの鐘《かね》が鳴る。初めての鏡音さんの活動だ。

「遅ぇーぞ後輩ども」

放送室で、ぼくたちを先に待っていたのはリリィ先輩。

金色に染めた髪を長く伸ばした、きつい目をした3年生だ。その髪はさすがに校則違反なのではと思ったけど、「あたしの名前見てみろ、どう見てもハーフだろ。これも地毛だよ地毛」と言い張って、髪を染めるのをやめようとしない。フリーダムな先輩だ。

これまでは先輩と二人で火曜班を務めてきた。

でも、今日からは鏡音さんも仲間だ。

「鏡音ちゃんはあたしが面倒見るから、お前早くスタジオ入れー」

「あ、はい」

放送室最奥のスタジオに入って扉を閉めると、空気が変わった。

スタジオは完全な防音壁仕様で、強化ガラスの窓でミキサー室から隔てられている。

どんな空間も普通は、音を立てれば、壁に反射して環境音として耳に届く。でも、この空間では外の音も入ってこないし、自分の立てた音も反射しない。

リリィ先輩は、このスタジオについていつか語っていた。

「この部屋、異空間みたいで落ち着かないだろ。音がなくなるだけで、こんなに心がざわつくんだ。人間の心を支配する、音ってのは、すごいんだよ。わかるだろ？」

「いえ、まったく」

あっさり言ったぼくは、先輩に理不尽《りふじん》に怒られたものだった。あのときは、ちょっと格好いいこと言おうとした先輩の面目《めんもく》は立てておくべきだった。

そんなことを思い返していると、ガラス窓の向こうで先輩がこちらに向けて親指を立てた。「準備OK」のサインだ。

それを確認し、ぼくは喋りはじめた。

他《ほか》の曜日は落語やトーク、ニュースなどのネタも多いのだけれど、火曜班はだいたいいつも、M《エム》C《シー》＋音楽という組み合わせで放送をしている。

そして基本的に、MCはすべてぼくの担当だ。

ぼく自身の選曲は当然として、何故《なぜ》かリリィ先輩の選んだ曲についても、事前に渡された原稿をぼくが読む羽目《はめ》になっている。後輩の教育として役割を与えてくれたのか、それとも単に先輩がラクをしたいだけなのか、いまいちよくわからない。

でもともかく、毎週MCをこなしているうちに、だいぶ喋りは板についてきた。

曲の合間合間、解説を入れていく——と、異変が起こった。

リリィ先輩が窓越しに手を振って「こっちを見ろ」アピールしているのが視界の端に見えた。そんな先輩に、鏡音さんがわたわたと慌てた風にまとわりついている。

放送事故か？　何があった？

すると、先輩は真面目くさった顔で鏡音さんのスケッチブックを開いた。

そこにはでかでかと、こう書いてあった。

【次でボケて！】

「昼の放送、何があったのだ？　MCの間に、いきなり沈黙しておったな」

5時間目が終わり、放課後。

ノートや教科書を鞄《かばん》に入れて席を立ったぼくに、そう話しかけてきたのは神威だった。

ああ。やっぱり放送事故に聞こえたか……。

「またリリィ先輩の仕業だよ」

「やっぱりか。随分、フリーダムな先輩だのう。一度顔を見てみたいものだ」

「……その願い、早速叶《かな》いそうだよ」

噂《うわさ》をすればなんとやら。教室後部の入口に、リリィ先輩の姿が見えた。下級生の階に平気でやってくるんだな、あの人は……。

入口に一番近い席の鏡音さんと何か話していたけれど、すぐに先輩は立ち去っていった。

なんだろうと思ったら、鏡音さんがこちらに来て、スケッチブックを開く。

【下校放送は優秀な後輩が二人いれば充分だろ？　あたしは帰るんで後は任せた！】

もはや伝言板代わりだ。

「どこまでフリーダムな先輩なんだか……」

と神威が呟《つぶや》くと、鏡音さんも肩をすくめて苦笑した。

「じゃあ鏡音さん、お勤め果たしに行こうか。神威も今日《きょう》これから剣道部だよね」

「おお、その前にちょっと渡したい物がある故《ゆえ》、ロッカールームに一緒に来てもらえぬか」

そう言われてすぐに見当がついた。神威から貸してもらえる約束になっていた、ドラマのＤＶＤ－ＢＯＸだ。

「やった。これでまた少し暇潰《ひまつぶ》しできる」

「お前なあ、俺《おれ》がわざわざ持ってきてやったのに暇潰しとは失礼だのう……泣けて笑えて、大層面白いのだぞ?」

「ごめんごめん。ありがとね」

神威には言えないけど、「暇潰し」というのは誇張でも皮肉でもない。

ぼくは実のところ、泣けたり笑えたり、そういう「心を動かされた」経験が極端に少ない。ドラマや本にも、現実のイベントにも、接するときには、いつも遠くから冷静に観察するようにしかできないんだ。

多分ぼくは、心の回路がどこか壊れている。

いつか感動できるようなものに出会えたらいいなとは思うけれど、そう言いつつ半分諦《あきら》めている。そういう何かに出逢える機会は、この先にあるんだろうか。

……とはいえ、そういう灰色の心しか持てないからこそ、暇潰しとしては、こうやって何かを貸してもらえるのはありがたい。

「そういうわけなんで、鏡音さん、先行ってて。職員室で鍵借りてね。で、備品の漫画とか適当に読んでていいから」

鏡音さんはこくんと頷いて、スケッチブックを抱えて教室を出て行った。

2年生の教室は校舎の3階、ロッカールームは1階、そして放送室は渡り廊下を越えた先の4階。移動すると結構な距離になる。

鏡音さんを待たせてしまっただろうか。まあ、特に下校時刻までやることはないので、焦《あせ》る必要もないか。

放送室まで辿《たど》り着いて、ドアノブをひねる。

……が、返ってくるのは固い抵抗感だけ。

ああ、これは。懐かしい気分になった。そう、「学校初心者あるある」だ。

放送室には、職員室でカードキーを借りないと入れない。休み時間や放課後のように誰かしらがいる時間帯なら、扉の裏側のポケットにカードキーを差し込んでおくことでロックは解除されるんだけど、差し込み忘れると、このように、外からは入れなくなる。

ぼくも入学した頃《ころ》は、混乱させられたっけ。

こんこん、とノックする。中に鏡音さんがいるなら、これで気付いて開けてくれるはず……なのだが、いくら待っても反応がない。

中で寝ちゃってる、とか？

けど、そういう場合でも大丈夫。ぼくはスクールバッグのファスナーを開けて、中からとっておきの秘密兵器を取り出した。

偽造カード。

表立って言えるエピソードではないのだけど、以前、ぼくは放送室のカードキーを紛失しかけたことがある。そんなとき、困ってるぼくにグミが作ってくれたのが、このカードだ。

ぼくがグミのハッキング能力を信じるようになったのも、その一件がきっかけだ。

カードは今も機能してて、おかげで今もぼくは放送室へはフリーパス状態だ。

偽造カードをセンサーにかざす。

カチャ、とロックが外れる音がした。


……この一連の解錠は、もちろん何も疑問を持たずに行った行為だ。


だから、ぼくは放送室の中に鏡音さんの姿が見えたときも、「なんだ、やっぱりいたんじゃないか」としか思わなかった。

彼女が立っているのがスタジオで、まして歌を歌っているだなんて、もちろん予想だにしていなかったんだ。

――声、出ないんじゃなかったのか！

彼女は目を閉じて歌に集中している。こちらには気付いてない。

その隙《すき》に、ミキサーのヘッドホンを装着して、スタジオからのラインに繋《つな》げてみた。

歌声が、流れ込んできた。

美しい、と言うべき声だった。吐息の成分が強い、触れたら溶けてしまいそうな声色。やわらかくて、お菓子みたいな……そう、「甘い声」と表現したくなるような声。

これが、鏡音さんの肉声。

彼女の歌に耳を澄ませた。鏡音さんのいるスタジオだけが、この世界とは別のところにあるような、そんな錯覚を覚えた。

やがて、彼女は歌い終えた。ゆっくりと瞼《まぶた》を開き、こちらの世界に戻ってくる。

視線が合った。音は聞こえないだろうけど、ぱちぱちぱち、と拍手を送ってあげる。

数秒遅れて、驚愕《きょうがく》に見開かれる目。

『な、なななんでいるんですかあっ』

ヘッドホンを通して、震え気味の声が響いた。

『かぎ、か、かぎ、しめたのにっ』

ミキサー室に置きっ放しになっていたスケッチブックに、ぼくは書いた。

【歌うだけじゃなく、喋るのもできたんだ】

　はっ、と鏡音さんは口を押さえて、それから空々しく目をそらした。

　……いや、もう流石に無理です。

＊
【さっきのは、忘れてください。】

　鏡音さんが、この世の終わりみたいな沈んだ表情で、そうスケッチブックに書いた。

　すがるような彼女の視線。けど記憶を消すなんて芸当《げいとう》、多分グミですら無理だ。

　じっと目を見て数十秒。彼女は、2時間ドラマのクライマックスの犯人のように、がっくりと項垂《うなだ》れた。

　ついに観念したか……と思ったら、続いてはペンを取り、スケッチブックに文字を綴《つづ》る。

【どうか、このとおり!】

　書き終わって、ペンを置く。椅子《いす》から立つ。ぱっと飛びすさり、ぼくに向かって正座する。涙を溜《た》めた目でこちらを見て、それから深く前屈する。

　いわゆる、土下座《どげざ》だ。

　……言葉からモーションまでのリズムが、悪い。

うん。何度も思ってたけど、改めて実感する。

筆談は、ダルい。

「あのさ……喋れるなら、喋ってほしいんだけどな。ぼく、こういうテンポ悪いのあんま好きじゃないんだよ」

不安げにぼくを上目遣いで見上げる鏡音さんに、なだめるように話す。

「事情はわからない。声にコンプレックスでもあるのかな。でも、ぼくから見たら、何も変なとこはないよ」

なのに、ぼくの言葉が受け入れづらいのか、鏡音さんは苦い顔だ。しばらく迷ってから、しつこくスケッチブックを使った。

【……わたしの声を聞いても、何も感じない？　変な気持ちにならない？】

「全然」

即答した。なのに鏡音さんはスケッチブックの上で、ペンを持ったり置いたり、ぼくを見たりうつむいたりとせわしなく体を動かしている。

ぼくは溜息《ためいき》をついて、椅子の上で脚を組み替えた。

普通じゃないな。なんでここまで声にコンプレックスを持ってるんだ？

けれど……そういえば、と思い至った。

鏡音さんが転校してきたのは学期途中の、随分おかしな時期だった。

……あー、なるほど。

なんとなく察しがついた。

この子はきっと前の学校で、声のことで何か馬鹿《ばか》にされたんだ。

引っ込み思案な性格なら、それが深い傷になることもあるだろう。トラウマで人前で喋ることに恐怖感を抱くようになってしまった。そういうことだろう。

もちろん、それを本人にずけずけ確認できるほど、ぼくは無神経な人間ではない。

ぼくと鏡音さんの膠着《こうちゃく》状態が、続く。

やがて、口を開いたのは、鏡音さんの方だった。

「……歌、聞いて、どう思いましたか」

しめた。

ようやく、自分の意志で喋った言葉が聞けた。

ぼくは考えた。鏡音さんには、わざわざ放送室に鍵を掛けてまで歌うほどの情熱がある。なのに、彼女は自分の声に自信をなくしている。

なら、それを褒《ほ》めてあげるのが筋というものだろう。

「んーとさ。よかったよ。割と、いい歌だと思った」

精一杯、いい笑顔を作ってみる。

でも鏡音さんは、探るような表情から変わらない。

「……それだけ？」

しまった、もっと激しく褒めちぎるべきだったか。何かうまい表現がないか、頭の中で国語辞書をひっくり返してみた。

「あー、もっと言えば、そのさ……うまかったよ！　カラオケなら90点台も目じゃないっていうか、あ、いや、90点じゃ足りない。100点100点！　それどころか足りずに、採点機が壊れるくらいに……」

ダメだ、あんまり大げさにならない。もっと他の表現はないか、何か。

「そのさ、もうずっと聴いてたいくらいで。声の響きがいいよね、引き込まれるっていうか」

ぴく、と鏡音さんが反応した。

悲しいんだか嬉《うれ》しいんだかわからない変な表情になる。

──しめた。「引き込まれる」がキーワードか？

「そ、そうそう、鏡音さんは天使の歌声！　もう鏡音さんの歌声があれば人生これでいいやってくらいだよ！　あるいは魔性とでも言うべきかもね」

「や、やめて……」

頭のリボンを両手でほっかむりみたいに曲げて、耳を塞《ふさ》ぐ鏡音さん。

挙動不審《きょどうふしん》だけど、それだけ効果は抜群みたいだ。

こうなれば、さらにちやほやしてやる。ぼくはちやほやマシーンだ。ちやほやマシーンになったつもりで、褒め言葉を次から次へと投げつける。

「最高、マーベラス、ファンタスティック！　鏡音さんの声をエンドレス再生したい。通学中も家でも学校でも鏡音さんの歌をかけ続けたい！」

「うう－、やめて－、やめて－」

……結果。

鏡音さんは何を言ってもダンゴムシみたいに縮こまって、ふるふると頭を横に振るようになってしまった。

【嘘《うそ》ですよね……？】

彼女が差し出したスケッチブックで、ぼくは我に返った。

字が震えている。まずい、筆談に戻ってしまった。

「ごめん。さすがに大げさに言いすぎた」

【嘘はダメです。】

怒られた。さすがに白々しかったみたいだ。

「本当は、そこまで中毒になるとまでは思ってないけど……でも、いい声だって思ったのは本当で、その……」

どう言えばいいのか。とにかく、ぼくが言いたいのは……、

「だからさ！　鏡音さんは、自分の声を恥ずかしがる必要なんて全然ないと思う」

じっと、鏡音さんの目を見る。どうだ、これは嘘をついてない目だろう。

するると彼女は、はあっ、と大きく息を吐いた。

「そっかあ……話しても大丈夫な人も、いるんですね……」

ようやく肉声が戻ってきた。

肩の荷を下ろしたような声色。彼女の恐怖心を和らげるミッションは、なんとか成功だ。

「わかってくれた？」

「はい」

「じゃあさ、もうスケッチブックで話すのやめようよ。クラスのみんなだって、鏡音さんの声聞きたいと思うよ」

「だ、ダメっ、それはダメ！」

即座に却下されてしまった。

「わたしは、ここでなら喋れます。でも、みんなの前で喋るのは嫌です。喋れるって知られるのも嫌です。だから、みんなには秘密にしてください」

……それだけ、トラウマが深いというのか。

大変な役目が降りかかってきたぞ。

この学校で、鏡音さんが喋れるんだってことを知ってるのはぼくだけだ。

だけど、本当なら人前で喋れるようになったほうがいいに決まってる。それができるように彼女を導くのも、ぼくしかできないわけで。

本来ならこんな面倒な立場に立たされるのはごめんなんだけど……。

ぼくは、微笑を作って彼女に語りかけた。

「わかった。このことは、ぼくときみだけの内緒にしよう」

どうせ放送室は暇なんだ。ゆっくり慣らしていこうじゃないか。

こうして鏡音さんの声は、火曜日放課後の放送室だけの秘密になった。


スタジオで鏡音さんが歌う。

ぼくはミキサー室で備品の漫画を読んだり、CDを聴いたりDVDを観たり、宿題を済ませたりする。

そんな火曜日の放課後が、だんだんと当たり前のものになっていった。

ちなみに今日のCDは、先日リリィ先輩が配り歩いていたものだ。先輩は校外の人と「セイレーン」というバンドを組んでいる。しかもボーカルだ。そして、この夏休みには、念願のライブをやるらしい。その宣伝なんだそうだ。

スタジオの音声を繋いでみると、鏡音さんが歌っているのも先輩の曲。

『……どう、ですか？』

「先輩の歌は、もうちょっと、お腹の底から張り上げるような声のほうが合うと思う」

『や、やってみますっ』

歌を聴くときには、褒めるのを忘れないようにしながらも、ぼくは意見を言うようにした。アドバイス……と言うにもおこがましいような率直《そっちょく》な感想。感性で物を捉《とら》えるのが苦手なぼくとしては、こういう意見のほうが正直言いやすい。

そして鏡音さんもどうやら、褒め言葉よりも、そういう反応がもらえることのほうが嬉しいようだった。

ぼくのアドバイスを吸収して、鏡音さんの歌唱力はどんどん進歩している。毎週毎週、練習できるのは火曜の放課後だけだというのに、すごいものだ。

感想を求めるときに、鏡音さんは、やたらとかしこまる。

『他にも何かあったら、よ、よろしくおねがいしますっ』

ぺこりと頭を下げる彼女に、ぼくは決まって、「そんな緊張しなくていいよ」と苦笑する。いつまで経《た》っても鏡音さんは敬語だ。

『わたしはその、ふ、普段声を出すことがないもので……』

「いや……ただのクラスメイトなんだし、タメ口で喋ってほしいんですけど」

『はっ、はいっ！』

そんなやりとりも何度目だろうか。

機をうかがって、他の場所でも声を出さないかと提案したことも、一度ではない。

「歌うなら、カラオケだってあるじゃない。それにネットなら、顔を出さずに歌を上げることもできるよね」

『そういうのはちょっと……。カラオケも、完全に防音じゃないし』

難儀《なんぎ》な性格だなと思う。

でも、そんな鏡音さんの歌声を独り占めして、その進化を目の当たりにしていけるのは、ちょっと優越感かもしれない。

テストで100点を目指すのとは違う、上限のないチャレンジ。歌声をもっと良くするためにはどうすればいいだろう？

ヘッドホンに耳を傾けながら、ぼくはこっそり、ミキサーのボタンを押した。

赤くて丸い、録音ボタン。

＊

金曜日。もう日も暮れそうな頃合《ころあ》い。

グミと神威に「キミら今日は部活ないっしょ？」と誘われて、放課後に４人で町まで遊びにきた日のことだ。

グミが、変なことを言い出した。

「がっくん、やっぱ恋してるのかにゃー……」

「ええ？」

視線の先には、神威が鏡音さんの横にぴったりくっついて歩いている後ろ姿。

神威は今日、華麗に鏡音さんをエスコートしていた。

電車では長身を活かして、小さな鏡音さんが周りの乗客に潰されないように守った。道を歩くときにさりげなく車道側に移動するテクは、もはやプロのものだった。次にどこに行きたいか、と鏡音さんの意見をすくい上げるのも、完璧《かんぺき》なタイミング。

長身の神威と、小さな鏡音さんが並ぶと、ものすごい身長差があるのに、なんだかそのツーショットは、やたらしっくりと感じられる。だけど。

「神威はいつもあんな感じじゃん。好きだから優しくするとかじゃないって」

「違う違う、リンのことじゃなくてね」

「じゃあ何さ。神威の恋人は剣でしょ？」

「それがそうとも言えないんだよねー、最近。物思いにふけることが増えたっていうか、どっか別のところを見てるっていうか……」

見ていると、神威が鏡音さんに何かを話しかけ、頷いた鏡音さんが小走りにどこかへと向かうところだった。行き先を目で追うと、お手洗いがある。

「……どこがさ。利きすぎるくらい気が利いてるじゃん、いつもどおり」

「むー、ほらほら、見てっ」

ひとりになった神威は、いきなり放心したように立ち尽くしていた。こっちには来ようともしない。

やがて、ポケットから何かを取り出そうとして、それから首を横に振って、思いとどまる。

……何やってるんだ？

「最近さー、よくああやって、ぼーーっとしてんのさ。授業中にも先生の話あんまり聞いてないみたいで。これは女の勘だけどね、春だよ春っ。がっくんに春が来たんだと思うにゃー」

「今来てるのは夏だけどね」

傾いてもまだ強く照りつける太陽の中、一応ツッコんでおく。

しかし、なるほど。そういう兆候は、ぼくからはあまり分からない。

鏡音さんが転入してきてからすぐ、うちのクラスは席替えをした。グミと神威は後ろ側の席だけど、ぼくは黒板の近くの席だ（余談だけど、鏡音さんの席もぼくに近い）。だから神威の様子はあまり観察できないのだ。

「でさでさでっさー、嫉妬《しっと》した？　がっくんに」

突如、目を細くしてニヤニヤ笑い始めるグミ。

「何でぼくが？」

きょとんとして聞き返すと、グミは意外そうな声を上げた。

「にゃっ、アテが外れた？　あたしゃ、てっきりキミはリンのこと好きなのかと思ってたよ」

「そりゃ一緒にいる時間は長いし、楽しいけどね。そういうんじゃないよ」

「ふーん……」

恋、か。

ぼくが恋をするところを想像しようとして、まったくイメージが湧《わ》かなかった。それは神威が恋をするって話より、もっと奇妙なものに感じる。

確かに神威くらい人生に掛けるエネルギーが大きい奴なら、そのうちの幾分《いくぶん》かが恋愛に向くことだってあるだろう、と納得できる。

神威とぼくの違いは、そこだ。

恋愛なんていう強い感情を持つには、ぼくは無気力すぎるんだ。

そんなふうに思いながら、ずっと遠くを見つめている神威を、ぼくは眺めた。


うるさい蝉《せみ》の声も、放送室までは届かない。

期末テストが近づいてきて、鏡音さんは放送室でも歌うことより勉強を優先するようになった。前の学校とは進度が違い、追いつくのが大変そうだ。

ぼくは暗記科目くらいやれば充分なので、鏡音さんに勉強を教える役を引き受けた。放送部には、先輩たちが用意してくれた過去問が揃《そろ》っている。

鏡音さんが過去問を解いている間、暇になったぼくは、神威のことを考えていた。

「……声を聞いて恋に落ちるってことも、あるんだなー」

ぽつりと呟いたのが、聞こえたらしい。鏡音さんが怪訝《けげん》な顔でこちらを見る。

「何の話？」

最近は、鏡音さんの敬語もだいぶ取れてきた。

「リリィ先輩のCDさ。あれ、神威に貸したんだけど、どうやらそれ聴いて歌声に惚《ほ》れ込んじゃったみたいで」

そう。神威の恋の相手は、リリィ先輩だった。

CDを返してもらう段になって「そ、そのライブで1枚俺の分も買ってきてはくれぬか！ い、いや……俺もライブに連れてってはくれぬか！」と真剣な目つきで頼まれ、ぼくはすべてを察した。

CDは、そのまま神威にあげることにした。もともとタダだし、そんなに喜んでもらえるなら、CDだって神威のところにあるほうが幸せだろう。

それ以来、神威の想《おも》いは、日を経《へ》る毎《ごと》に強くなっている。休み時間にはずっと音楽プレーヤーを離さずにいたし、それどころかグミによると、授業中にも先生の目を盗んではイヤホンを耳に入れていたそうだ。

先輩のバンド名を思い出す。『セイレーン』。

その由来は、ギリシア神話に出てくる、上半身が人間、下半身が鳥の姿をした怪物だ。海の上で美しい声で歌い、航海中の船を惑《まど》わし、難破《なんぱ》させてしまうという。

神威はまるで、そのセイレーンに囚《とら》われたかのようだ。

期末どうなっても知らないぞ、と忠告したんだけど、曖昧《あいまい》な返事だった。

ちなみに、それだけ先輩に熱中しているなら、少しは恋に進展があったのかというと、こちらも動きがない。

3年生とは教室の階が違うから、神威が先輩と会う機会はほぼゼロだ。それどころか、神威は偶然先輩の姿を見かけても、でかい図体を縮こまらせて隠れてしまったり、剣道で鍛えた瞬発力を遺憾なく発揮してその場を逃げ出したりする。

だから、おかげで神威は先輩とは、現実には一度も話せていない。

神威の意外にシャイな一面を知って、ぼくは最近驚きっぱなしだ。

まあ、それだけ好きな相手ができるっていうのは――いいこと、なのかな。

「読み練のとき、先輩もよく言ってるよね、『声には人を動かす力がある』って。声だけで人を惚れさせるなんて、さすがリリィ先輩だよね」

「……そうだね」

鏡音さんの返事のトーンが予想外に暗くて、ぼくは目をぱちぱちさせた。

「どうかしたの?」

「……なんでもない」

鏡音さんは身をすくめて、なんだか泣きそうな顔をしてる。

今の話に何か、転校前のトラウマをえぐるような要素があったっていうのか?

……鏡音さんに昔何があったのかは、未《いま》だに分からない。

でも、神威の恋の話でそれを思い起こさせる原因になるなら、放送室ではこの話をするのはやめたほうがいいのかもしれないいな。

ぼくは、そのまま口をつぐんだ。

カリカリと問題を解くシャーペンの音だけが、放送室に響いた。


そんな期末も、終わってみればあっという間だった。

そして終業式の前日、ぼくは自分の大きな思い違いに気付くことになる。

ぼくはそのとき、家で、CDのラックを見返していた。リリィ先輩や鏡音さんと作ってきた1学期の昼の放送を振り返りたい気分だったのだ。

ラックには、放送で使ったセットリストのとおりに焼いたCD－Rが、ケースに入って並んでいる。

先輩の選曲はいつも挑戦的で、放送の30分間ノイズミュージックをひたすら流されたときには放送事故を疑われた。また、ボーカロイドの曲を流しまくったときには、機械の声にアレルギーを持つ生徒から苦情が出て、ボカロ禁止にするだのしないだのと面倒くさい問題にも発展した。

鏡音さんは歌詞にメッセージ性のある曲が好きで、毎回『元気になりたいときに聴く歌』『会いたくて震えたいときに聴く歌』みたいに、テーマを決めて選曲していた。

ぼくは……無難に、先生ウケのいい曲にすることを最優先にしてたんだけど。おかげでリリィ先輩には「お前の放送には魂がない」といつもどつかれた。

色々なことがあったなあ。

そんな風にラックのＣＤを１枚１枚見返していたら、そこで、予想もしていなかったものを発見した。

クリアケースに入った、ＣＤの盤面だ。マイクを構えたリリィ先輩が写っている。

神威にあげたはずの、セイレーンのＣＤじゃないか。どうしてここにこれがあるんだ。

そう疑問に思ってから……気付いた。

先輩にＣＤを渡された時期、ぼくは放送室で、鏡音さんの歌をこっそり録音することに凝っていた。

そして、鏡音さんの歌もＣＤ－Ｒに焼いていた。

すっかり忘れていたけれど、どうやらぼくはその2枚のＣＤを取り違えて保管していたようだ。

と、いうことは――もしや。

神威がいつも聴いているＣＤは、実はリリィ先輩のものではなくて。

神威が恋している声の主は、先輩ではなくて。

「……鏡音さん、なのか？」

翌日の終業式は、火曜日。

昼休みの放送はなく、放課後に部員全員で一度集まってから、ぼくと鏡音さんが残って下校放送をやれば、それで1学期は終わりだ。

朝に教室に入ると、神威は疲れた顔で「おう」と挨拶してきた。

ぼくは努めて普通の顔で「やあ」と返した。

「あのさ、神威、先輩のCDでどのトラックが好き？」

「む、どれと言われても迷うが……うーむ、強いて言えば……」

「アカペラの曲？」

「どの曲もアカペラではないか。そういうコンセプトなのであろう」

「そうだったそうだった」

確定。やっぱり神威の聴いているのは、先輩ではなく鏡音さんの歌声だ。

けれどこの勘違いは、神威に気付かれることはないだろう。――先輩の声を、実際に聞かない限りは。

「今日、学校が終わったらどうするの？」

「家に帰って素振りでもするかのう。今回の期末は、流石に堪《こた》えた。やはり俺は一度徹底的に自分を鍛え直さねばならぬ」

神威の期末は予想どおり、散々だった。特に数学は43点。中間と比べれば、なんと50％オフの大サービスだ。バーゲンでもなかなかお目にかかれない。

「じゃあ夏休みの『セイレーン』のライブにも、行かないつもり？」

「うむ……」

「ん、そっか」

好都合だ。

表面だけ取り繕って、何事もなかったかのように神威との会話を打ち切った。

ポーカーフェイスなら得意だ。彼はぼくの質問の意図になんて、思い至りもしないだろう。

……ぼくの中で、もう一人のぼくが問いかける。どうして神威に、あの声の本当の主について伝えないの？

そりゃ決まってる、とぼくは答える。鏡音さんが、声を出せるということをみんなに知られたくないからだ。神威にバレてしまえば、鏡音さんの日常が崩れてしまう。

うっかり歌声を外に流出させてしまったのはぼくの甘さだったけど、それだからこそ、これから先には、ぼくは一層、秘密を死守しなければいけない。

そうだ。

ぼくが黙っているのは鏡音さんのためであって、他の意図はないんだ。

終業式が終わり、放送室での今学期最後のミーティングも無事に済んだ。

顧問の先生が解散を告げ、部員たちが帰って行く中、ぼくと鏡音さんだけが放送室に残ることになる。

今日の最終下校時刻は2時半。それまで何をして過ごそうか。

……と思ったのだけど、

「よー、1学期、お疲れ様！」

背もたれつきの回転椅子に、ぎし、とリリィ先輩が腰掛けて笑った。

「先輩は帰らないんですか？」

「つれないね、可愛《かわい》い後輩を置いて、勝手に夏休みに入るなんて許されないだろ。今日くらいは最後まで付き合うぜ」

「今までずっと可愛い後輩に任せっきりだったくせに」

「アハハ、おかしいな。連絡してくれれば交代するよって伝えたと思うけど」

ぼくは聞いてないぞ。

そうなの？　と鏡音さんに視線を送ると、彼女はさっと目をそらした。

……わざとぼくに言ってなかったのか。

まあ、リリィ先輩の不在のおかげで、鏡音さんが自由に放送室を使えたわけで、ぼくらにとっても都合のいい状況ではあった。

「それにさ、お前らが放課後を引き受けてくれたおかげで、あたしは気兼ねなくバンドの練習に専念できた。おかげで今度のライブは最高のものになりそうだ。感謝してるよ」

「それは良かったです」

先輩は、きいきいと背もたれを揺らし、天井を見上げる。

「あのさ。あたしはね、その場が楽しくて、しかも結果が良ければ、それでいいって、いつも思ってんだよ。役割に縛られて苦しむ必要なんてない。最終的にみんながハッピーなら、それが一番」

「なるほど、そういう考え方もありますね」

無茶苦茶で自分勝手に見える先輩だけれど、何故か憎めない。

その理由が分かった気がした。

「なあ、ライブ来てくれるよな？」

「楽しみにしてますよ」

「お前の言葉はどうにも社交辞令っぽいんだよなー。ま、いいや」

アハハ、と笑って、先輩は椅子を立った。

「そろそろあたしは失礼するよ」

「えっ、最後まで付き合うって言ったんじゃ」

「言っただろ、みんながハッピーなのが一番、って」

ニヤニヤ顔の先輩が顎《あご》を向けた先には、鏡音さん。

スケッチブックを両手でぎゅっと握り、こちらを睨《にら》んでいた。視線がちくちく刺さった。

「さっきから、お邪魔虫に不満なのが丸わかりだぜ、鏡音ちゃん。いやー、お前らがそういう仲だったとはね。青春っていいねー」

「ちょ、先輩、違っ」

ごゆっくり、と言い残して先輩はドアを閉めた。

バタンという音を見送ってから、刺すような視線の方向に、ぼくは向き直った。

「……鏡音さん？」

なんでさっきから、そんなに睨んでいるんだろう。

もしかして声が流出したことがバレたのか？　いや、当事者のぼくですら昨日まで気付いてなかったんだ、それはありえない。でも他に心当たりも……と、そんなことを考えて焦っていると、彼女が口を開いた。

「ひどいよ。わたしが歌えるの、今日が最後だってわかってるよね？　明日《あした》からは……夏休みになったら、放送部の活動はないんだよ」

「あ、そっちか」

残りわずかな歌える機会なのに、のんきに先輩と話してた。それがご不満だったようだ。

ほっとした。

「そっちって？」

「あ、いや……ごめん。でも、先輩を追い出すわけにはいかないでしょ」

「それはそうだけど……」

頬《ほお》を膨らませてうつむく鏡音さん。

「どこか人目につかないところや、旅先でなら、思いきり歌えないの？　夏休みなら旅行に行くこともあるんじゃない？」

「……それは、できない。この放送室の外では、わたしは声を出さない。出しちゃいけないって、決めてるんだ。他の誰にも聞かれないように……」

彼女の決意じみた表情を見て、何を言っていいか迷った。

鏡音さん、きみの歌はもう、ぼく以外の人に聴かれてしまったんだ。

良心がささやく。白状、しなきゃいけないんじゃないか？

なのに、ぼくの口は素知らぬ顔で、別の言葉を紡いだ。

「歌うのは、2学期までのおあずけだね」

「うん……」

なんでぼくの口は思いどおりに動いてくれないんだろう。

さあ言え。黙ってたっていいことはないぞ。

それとも、神威が鏡音さんを好きだと知られたくない理由があるのか？

――キミはリンのこと好きなのかと思ってたよ。

グミの言葉を思い出す。

そういうことなのか？　この感情は、神威を鏡音さんに向けさせたくないから、独占したいから、神威にとられたくないという……そういう感情なのか？

まさか。

なにしろ、ぼくは神威みたいな激しい気持ちは持っていない。声を聴いても「いいね」止まりだ。

鏡音さんに想いを寄せるのなら、神威のほうがふさわしい。あいつは格好いいし、性格もいいし、何に対しても一生懸命だ。

なのにぼくは、自分の中に秘密を抱え込んだまま、何食わぬ顔で時間が立つのを傍観している。

卑怯者《ひきょうもの》だ。

結局、鏡音さんに大事なことを何も話せないままに、下校時刻が来てしまった。

ぼくらの1学期は、こうして終わった。

＊

セイレーンのライブは、すごかった。

――燃やし尽くしてやろうか！

赤いライトに包まれたリリィ先輩の、そんな啖呵《たんか》で始まったステージは、ライブハウス全体を本当に熱気に包み込んだ。

激しく歪《ゆが》んだ楽器のサウンドが、ぼくの背丈ほどもあるスピーカーから響く重低音に変換され、物理的に体を揺さぶる。

銀髪サングラスのバンドメンバーがサウンドにラップを乗せる。それに負けじとリリィ先輩も叫ぶ。

圧倒的な迫力に煽《あお》られ、オーディエンスは腕を振り上げる。

止まらない熱狂が、そこにはあった。

一緒に出ていた他のどのバンドより一番輝いていたと思うのは、身内だからというだけではないと思う。

「……まだ、耳鳴りがやまないや」

ライブハウスを出た帰り道に、隣を歩く鏡音さんにそう言う。今日の鏡音さんの格好は、ホットパンツにボーダーのニーソックス、そして動きやすそうなスニーカー。活動的な格好だ。

そして彼女の目はキラキラ輝いて、なんだかものすごくやる気に満ちあふれている。

ぼくの服の裾《すそ》が突然、くいくいと引っ張られた。

「わっ、な、何」

【わたしも歌いたい!!!】

その場でスケッチブックをビルの壁に押しつけ、鏡音さんが大きく書いたその文章には、エクスクラメーションマークがなんと3つもある。特盛りだ。

あれだけのものを見せつけられたら、そりゃ興奮もするよな。会場で全力で飛び跳ねる彼女は、声を出せないのがすごく歯痒《はがゆ》そうだった。

「……そうだなあ」

2学期までおあずけだ、とぼくは言った。でも放送室に忍び込む方法は、ないことはない。

携帯電話でグミに連絡を取って、それらしく理由づけしてみる。

「ねえグミ。放送室に夏休みの宿題置き忘れちゃってさ。先生にもバレたくないんだけど」

『いいよー。今から1時間くらい、校門フリーパスにしとくから。ビッグ・アルも反応しないはずだよー』

想像以上にスムーズな展開。ハッカー、恐るべし。

お礼を言って電話を切る。鏡音さんはその場でタンタンとステップして、早く行こう早く行こうってオーラを全身から出してる。散歩前の子犬みたいだ。

じゃあ行くか、とぼくが言うと、鏡音さんは満面の笑顔で大きく拳《こぶし》を突き上げた。


「やっっっぱり、久々に歌うと気持ちいいねーっ！」

鏡音さんが、ものすごい満ち足りた表情でスタジオから出てきた。歌ったのは、セイレーンのライブでやっていた曲だ。リリィ先輩が置いていったCDをオケにして、彼女は熱唱した。

「今日は随分テンション高いね」

「当然だよ、先輩のライブすごかったもん！　せっかくなら、共有したいし語り合いたかったよ。それに声を出すのだって久々。すごく気持ちいいんだよ」

「そうだね。やっぱり鏡音さんの声は錆《さ》びつかせておくのは世界の損失じゃないかな」

すかさず褒め言葉を入れてみた。

「だから、わたしはここでしか声は出さないって」

「本当、もったいないな」

これは本心だ。

最初に鏡音さんの歌を聴いたときは、ただ甘く細い歌声しか出せないものだと思ったのだけれど、1学期の間にずいぶん歌い方に幅が出た。今はもう、温かさを押し出した曲や、パワフルな曲でも歌いこなせるようになった。めざましい成長だ。

これだけの声をぼくだけが独占していいのか。そう考えると、どうしても罪悪感を覚える。やっぱり神威に、生で鏡音さんの歌を、声を、聴かせてあげるべきなんじゃないか。

「……神威、くん？」

「えっ」

鏡音さんの声に、心臓を掴《つか》まれた気がした。

まさか声に出してたか？　いや、そんなはずは――

「なあ、どういうことなのだ？」

聴き慣れた低い声が、背後の放送室入口から、聞こえた。

ぼくはゆっくりと振り向いた。

そこには、イヤホンを耳から取り、暗い目でこちらを見据える、神威の姿。

長く伸ばした髪はバサバサに乱れている。手には、木刀《ぼくとう》。

――ぼくは、察した。

「神威、まさかライブに……」

先輩の声を聞けるチャンスを、彼は我慢できなかったんだ。CDの声がリリィ先輩のものではないと気付き……そして、おそらくライブ後のぼくらのやりとりも、遠くから目撃してしまった。スケッチブックの文字なら、結構な距離があっても読めてしまう。

迂闊《うかつ》だった。もう少し警戒しておくべきだった。

「俺を騙《だま》していたのか！　おい！　答えろオオオオッ!!」

木刀を握る神威の左手に、力が入った。

まずい！

「鏡音さん！　スタジオに！」

ぼくが叫んだのと、神威が振りかぶったのは同時だった。

パリンと音が響く。木刀の先端が、天井の蛍光灯の1本に触れたのだ。ガラスが砕け、部屋の明るさがフッと落ちる。降り注ぐガラス片。

神威が、はっと上を見上げ腕を交差させた。

隙ができた！

「こっち！」

鏡音さんの声がした。スタジオのドアを開けている。ぼくもそちらに逃げ込み、ドアを閉める。

即座に、中のスピーカーを扉の前に置き、ドアノブが回らないよう、つっかえ棒がわりにした。神威が駆けつけ、ドアノブをガチャガチャと捻《ひね》るが、もう遅い。

籠城《ろうじょう》は、完成した。

……本当なら放送室の外に逃げるのが最善手だろう。

でも、入口を塞いでいた神威の脇をくぐり抜けられる自信はなかった。スタジオに逃げ込むのが精一杯だった。

この中なら、ひとまず安全だ。

神威は、諦める気配がない。ドアからの侵入が無理だと悟ると、ドン、ドン、と木刀で窓に打撃を入れ始める。

「どうしよう……神威くん……」

がたがたと体を震えさせる鏡音さん。その肩に、そっと手を添《そ》えた。

「大丈夫だよ。強化ガラスは人間の力で破れるようなものじゃない」

ドン、ドン。音は止まずに響いている。

――大丈夫だ。

神威が疲れ果てて諦めるまで、ここで粘るんだ。

「何で……何で神威くんが……」

「ごめん。ぼくのせいだ」

歌声を録ったCDを神威に渡してしまったことを、ぼくは説明する。

「本当にすまない。とはいえ、こんなに危険なことするような奴じゃないと思ってたんだけど……」

爪《つめ》を噛《か》む。

するとは鏡音さんが蒼白《そうはく》な顔で、すすり上げながら、

「そうだよね、わかんないよね……ちゃんと全部説明しなかったわたしがいけなかったんだ」

「説明……？」

「うん。神威くんが普通じゃなく凶暴になってることも、理由があるの。神威くんが悪いんじゃないの。これは、わたしの声のせい。わたしの声を聞きすぎたせいで、神威くんは正気を失ってる」

意味が分からない。

鏡音さんの声を聞くと凶暴化する人間がいると、そう言いたいのか？

「でもぼくは平気じゃないか。なんで神威にだけそんなことが起こるんだ」

「違う。『神威くんだけ』じゃない。むしろ平気なのが『あなただけ』。みんな、わたしの声で狂わされてしまった。前の学校の人たちも、わたしの家族も、みんな……」

「は……？」

「わたしの声はね、人の心に届きすぎるんだ――」

今年の初めくらいからだったかな。

最初は、最近わたし人気者じゃない？　って思う程度だった。

もともと目立たない生徒だったはずのわたしの周りに、何故か、いつも人が絶えなくなった。

多分、歌を歌うのが楽しいって目覚めたのが、きっかけだった気がする。

わたしが歌を歌うと、みんな喜んだ。わたしはそれが嬉しかった。

それからというもの、みんなわたしの声に釘付《くぎづ》けになってくれた。初めて会ったときどんなにわたしのことがどうでもよさそうな人でも、例外なく、わたしの言うことを何でも聞いてくれるようになった。

みんながわたしに良くしてくれるし、プレゼントをもらうことも増えた。

弟も家族も、なんだかすごく優しくしてくれて、人生うまくいってて、ちょっとしたお姫様気分だった。

でも、そのうち、なんかおかしいって気付いた。

一度、歌った歌をネットに上げたことがあるんだ。その結果は異様なものだった。その動画サイトには、再生数やお気に入りのマイリストに入れた数がすぐに分かるカウンタがついてる。10分も経たないくらいの時間で、カウンタはどんどん回った。

再生数が５００になったとき、マイリストに入れられた数も、５００だった。

普通は1割もマイリストされれば上出来って世界でだよ。怖くなって、思わず動画は消しちゃった。

その頃になると、わたしがカラオケに行くって言うと、クラスのほとんどがついてくるようになってた。考えてみたら、そんなの異常だよね。

一番の被害者にしてしまったのは……まゆ。

まゆとは、一番の友達だった。ひらひらレースの服が似合う、長い髪の女の子。優しくて可愛くて、大事な友達だった。まだわたしが普通だった頃、ずっと一緒だよって、おそろいのウサギのぬいぐるみをくれたりもした。

まゆは、わたしがみんなに引っ張りだこになってることが面白くなかったみたい。

「リンは私のものだから。誰にも渡さないから」

ニコニコ笑って言うまゆを、わたしは初めて怖いと思った。

ある日、それが臨界点を超えた。

まゆの家で二人で遊んでて、テレビのCMを見ながら、そのフレーズを口ずさんだら……まゆに、押し倒された。

切羽詰まった顔で、目も見開いてて、すごく怖かった。

思わずまゆを振り払って、逃げた。自分の家まで全力で走った。

その日は家族はみんな出掛けてた。心細くて、鍵も掛けて、部屋の布団にくるまって震えてたら、その内、ピンポーンってインターホンが鳴った。無視したのに、ピンポーン、ピンポーンって、何度も鳴るの。それでも無視してたら、ドンドンってドアを叩く音に変わった。

「リン！　開けて！　ずっと一緒だって言ったよね！」

そんな叫び声が、ずっと聞こえてた。わたしは布団の中で首を横に何度も振った。

「嫌！　早く帰って！　わたしのことは諦めて！」

そう、何度も何度も叫んでた。なんでそういうときに限って、わたしの言うこと聞いてくれないんだろうって思って、ボロボロ泣きながら。

結局、騒ぎを聞きつけた近所の人が警察を呼んでくれて、まゆは連れて行かれた。

その夜は眠れなかった。自分の力が怖かった。

わたしの声が、まゆを狂わせちゃったんだ。

声の力が強まっている。わたしの声が、みんなをおかしくさせちゃってる。

わたしは自分の声を封印した。スケッチブックを使って、家でもクラスでも、声を出さないようにした。

そうしたらクラスのみんなは、毒が抜けるようにだんだん落ち着いていった。……でも、まゆは諦めなかった。あの子は元から執着の激しい子だったから、わたしがそれに火をつけちゃったんだと思う。しつこくわたしの家に来ては、追い返されてた。

それで、最後の日。今年の5月。

その日は大雨だった。そんな晩、わたしが夕食を終えて、自分の部屋に戻ったら……雨の音が異常に強く聞こえた。

窓から、ざあざあ雨が吹き込んでた。戸締まりしてないはずがないのに。床の水たまりには、よく見るとガラスの破片が散らばってた。

そして、ベッドの上には、うさぎのぬいぐるみが2つ並べて置いてあった。わたしのものと、もうひとつ、雨にびしょびしょに濡《ぬ》れたおそろいのもの。

ドアから死角になる部屋の隅に気配を感じて、わたしはそっちを見た。

まゆが立っていた。手には窓ガラスを割った斧《おの》が握られてた。

わたしは悲鳴を上げた。そしたらまゆは斧を抱きしめて、嬉しそうに、

「リンの声、やっと聞けた」

そう言って、口元を上げて笑ったの。

……その後すぐに、悲鳴を聞きつけた両親にまゆは取り押さえられていった。

でも、物理的な被害が出ちゃった以上、このままじゃいけないってことになった。

両親は、わたしを怖がった。わたしの声で自分たちの心が変えられてしまったのを体験してるから、仕方ないよね。

いい口実ができたと思ったんだろうね。わたしを一人でこっちに引っ越させたの。

「そうやって、わたしはこの町に逃げてきた」

「……そう、だったのか」

今まで、かたくなに外で声を出さないと言っていた理由が、ようやくわかった。

セイレーンだ。

歌で人を惑わし、船を難破させる魔性の歌声。鏡音さんの声は、セイレーンそのものだ。

「怖いよね……化け物だって、思うよね」

膝《ひざ》を抱えて、彼女は泣き顔で、声を絞り出す。

確かに人並み外れた能力だ。しかも、それを自分で制御することができない。

でも、とぼくは思う。

歌いたいのに、喋りたいのに、それが人を傷つけてしまう……そんな制御できない力に、鏡音さんは振り回されてきた。その一番の被害者は、彼女自身だ。

それでも彼女は文句も言わないで、誰も傷つけないように、ずっと自分の声を殺してきた。

一人きりで、戦ってきた。

ぼくは彼女の頭を撫《な》でた。

「がんばってたんだね」

鏡音さんの両の目から、大粒の涙が溢《あふ》れた。

「もう一生、わたしは人と話さないって、決めてたの……」

でも、ぼくが彼女の話し相手になることができた。

なんとなく、わかった。

何にも感動することができない。心を動かされることがなく、情熱も気力も持たない。それがぼくと周りの人との、絶対的な壁だった。

その壁が、鏡音さんの声の力を阻み、彼女といても正気を保てるようにぼくを守ったんだ。

皮肉なものだ。


ピシ、と嫌な音がした。

今までの鈍い木刀の音とは明らかに違う。見ると、窓ガラスに小さくヒビが入っていた。

神威の鍛えられた体に、強化ガラスを破壊するだけの力がもともと備わっていたのか。それとも鏡音さんの声で暴走した結果、限界を超えた力を発揮してしまっているのか。

突破口を見つけた神威の攻撃は勢いを増す。

このガラスが破られるのも、時間の問題だ。一撃ごとにヒビは着実に広がっている。

もし窓が割られたらどうなる？　凶暴化した神威は、鏡音さんの身にどんな危害を加えるかわからない。

だけどもう、逃げることもできない。

――パリィィン！

ひときわ大きな一撃とともに、波紋のようにヒビが広がり、ガラスが砕け散った。

ついに、防壁は破られた。

神威が窓枠をまたぎ、スタジオに足を踏み入れた。ぜえぜえと息を荒げている。

一歩一歩、こちらに向かってきた。

鏡音さんが身をすくめる。ぼくは彼女を守るように前に立ち、奥歯を噛みしめた。

剣で、ぼくみたいな文化系が神威に勝てるはずがない。ぼくは、勝てない勝負はしない主義だ。

でも……！

ぼくは大声を上げて突進した。やらなきゃいけないと思った。

神威はすぐに木刀を構える。長年の鍛錬が実を結んだ無駄のない構えだ。その木刀が振り上げられた瞬間、急にぼくの視界がスローモーションになった。

……これは、あれだ。人間の脳が、緊急事態に瀕《ひん》して加速するという、多分あれだ。

おかげで置かれている状況がよくわかった。

熟練の剣士の刀は、まっすぐぼくの頭に振り下ろされる。前後左右上下どの方向に逃げても、その刃からは逃れられない。

つまり。ぼくは直感で確信した。

――あ、ダメだ。これは、やられる。

＊

目覚めたら、そこは病院だった。

頭がひどく痛んで、手をやると包帯のごわごわした感触が指に伝わった。

ベッドの脇には、目を真《ま》っ赤《か》に腫《は》らした神威とグミがいた。

「すまんっ!!」

第一声、神威が深々と頭を下げて叫んだ。

「友人のお前に手を出してしまうとは、一生の不覚だ。この詫《わ》びはなんなりと!」

丸椅子に座ったまま、地面につくんじゃないかってくらい深々と下がった頭。

「か、神威、顔を上げてよ」

ぼくの言葉に、おそるおそるという感じでこちらを見る彼は、すっかり正気の顔つきだ。

「まず、今どういう状況なのか……教えてくれないかな」

じゃあ手短に、とグミが説明する。

グミは放送室での事件のことを全《すべ》て知っていた。経緯は、こうだ。

ぼくからの電話を受けて学校のセキュリティを解除してから、何か嫌な予感がして学校に向かった。

そこで放送室でノビてる男ふたりと、ショックで腰が抜けてる鏡音さんを見つけた。ここまでおごとになってしまった以上、鏡音さんも隠し通せず、筆談で全てをグミに話したらしい。

「あっ、放送室についてては大丈夫だよ。ビッグ・アルの暴走ってことにしといた」

慣れた口調でさらりと言って笑うグミ。そんなんでいいのか!?

あの事件の後処理を丸く収めるなんて、スーパーハッカーってすごい。……本当にグミが正義のハッカーなのか、ちょっと疑いたくなったけど。

「ところで、鏡音さんは……？」

「メール送ったり、家を訪ねたりはしてるけど……今はそっとしてあげてほしい、かな」

……そうだよな。

鏡音さんは自分がすべての元凶だと思ってるだろう。顔を合わせられる状態じゃない、というのはわかる。

沈黙が生まれてしまった。

「さってと、あたしはお医者さん呼んでくるよー。キミらもギスギスしないで済んだみたいだし」

明るく声を上げると、グミは席を立った。ありがたい配慮だ。

病室を出る彼女を見送ってから、神威が言った。

「改めて、すまん」

「いや……いいよ。自業自得さ。神威に嘘ついた罰だよ。神威だって、どうしようもなかったんだろ」

「……放送室のドアを開けた瞬間、鏡音さんの声が耳に入ってきた。生の声は流石に格が違うな。途端に、全身が熱くなって、訳がわからなくなって……そこから先は、ぼんやりとしか思い出せぬ」

「じゃ、やっぱり仕方ないよ。……今の気分はどうなの」

「まだ、あの声を聞きたくてたまらない。だが、それがただの中毒症状だと分かった以上、耐えられないわけではない」

俺の精神力を甘く見ないでほしいのう、と歯を見せる神威。

自分から好きこのんで暴れる奴じゃなかったとわかって、安心した。

「逆に、ぼくが騙してたって……怒らない？」

「もはやどうでもよいことだ。誰が悪いというものでもない。お前も、そして鏡音さんもな」

「鏡音さんのこと……怖くはない？」

神威は遠くを見て、

「俺は思うのだ。人にはそれぞれ得意なことがあり、苦手なことがある。たまには周りに迷惑をかけることもある。だが、それをお互い支えていけるのが友達なのではないかとな。彼女は少々極端な性質を持っているが、押さえ込むことはできるだろう。こうやって繋がった縁があるのなら、俺は、鏡音さんを受け入れたい」

好青年は、爽《さわ》やかに笑った。

「何より俺は、鏡音さんのことは好きだからな」

「……へえ？」

「あっ、いや、そういう意味ではなくてだな！」

取り乱す神威を見て、ぼくは嬉しい気持ちになった。

神威はやっぱり、優しくて強い、ぼくの親友だ。


医者の精密検査の結果、脳に異常はなさそうだけれど、脚にも切り傷があるので、あと2日ほど入院を、と言われた。

心配が募《つの》るまま、入院の最終日になった。

鏡音さんは、やっぱり病院には姿を現さない。

携帯に「ぼくは元気だよ」とメールを送ってみたけど、返事はなかった。

もう少し後になって、落ち着いたときに話せればいいんだけど……。

そんなふうに思いながら病室で本を読んでいると、病室に騒々しい足音が飛び込んできた。

「ねえっ、これ、見てっ」

スマホを取り出すグミ。そこには、鏡音さんからのメールがあった。


【わたしはみんなに、たくさんの迷惑をかけてしまいました。

わたしといると、みんなが不幸になります。

だから、お別れしようと思います。

それでは、お元気で。】

「あたし驚いて、リンにメールしたけど、返事はなくて……。何度も送ってるうちに、エラーメールになっちゃった。携帯解約しちゃったんだよ。あの子本当に、あたしたちの前から姿を消すつもりだっ」

「……っ!!」

グミの言葉を聞いた途端、ぼくは、駆け出していた。

病院着もそのまま、何かに弾《はじ》かれたように。定期券だけを掴んで。

受付の人が「外出許可書は」と言うのも振り切って、ぼくは走る。今から間に合うなんて保証もないけど、でも、いてもたってもいられなかった。

商店街を駆け抜け、駅へ。

――鏡音さん!

行かせるものか。どこにも行かせやしない。だってきみは孤独じゃない。グミや神威は、また受け入れてくれる。

それに、ぼくがいる。

声の魔力が効かないことに、引け目を感じることなんてなかった。効かないからこそ、ぼくはきみの側《そば》にいられた。

放送室でのことを思い返す。

神威の木刀からは逃げられない——そう、ぼくは思った。振り下ろされた剣がぼくの頭を叩き潰すのを、ただゆっくりと知覚するしかないはずだった。

でもその時、聞こえたんだ。

——やめてええええええええっ!!

そう背後で叫ぶ、鏡音さんの声が。

刹那《せつな》、剣先が鈍った。ぼくは全力疾走のまま剣の下をくぐり抜けた。渾身《こんしん》のタックルで神威の体勢を崩し、その勢いのまま壁に頭をぶつけて気を失った。

そう。

神威を止めたのは、鏡音さんの声の力だ。

転校前の、まゆの暴走を止められなかった頃とは違う。鏡音さんの声は、相手を制御できるように進化しつつあるんだ。

それはきっと、放送室での歌の練習の成果だ。ぼくと一緒に練習したあの時間が、無差別に人を魅了するだけだった鏡音さんの声に、コントロールの余地を生み出した。

鏡音さん。だからぼくなら、きみを救うことができる！

駅に駆け込む。使うなら上り線のホームだ。階段を駆け上がる。脚の切り傷が痛んだ。

ホームには電車が来ていた。リボンをつけた小柄な女の子が、スーツケースを引きながら乗り込むのが、確かに見えた。

待ってくれ！

『ドアが閉まります、駆け込み乗車はおやめください』

プルルルとベルが鳴り、ドアが閉まった。

……ぼくの、目の前で。

鏡音さんを追いかける気持ちをあざ笑うかのように、車両は動き始める。

だけど、負けて、たまるか。

ぼくは知っている。声には力がある。人の心に思いを届ける力がある。だったら――

届け、ぼくの声！

「鏡音さあああんっ！」

出せる限りの大声で、ぼくは叫んだ。

「戻ってこおおおい！　ぼくが、きみを守るからあああぁぁっ！」

声とともに、息をすべて吐き出す。わずかな残響が、耳に残った。

無人のホームの上に大きく開いた青空に、ぼくの声は吸い込まれていった。

反応は、ない。

ガタンゴトンと電車は加速し、ホームから離れていった。小さくなって、彼方《かなた》へと消えた。

ぼくの名前を呼ぶ声がする。神威とグミが、ホームへと駆けつけてきたようだ。

「おいっ、大丈夫か、脚の傷開いてるぞ」

「ね、ねえっ。リン、いたのっ!?」

口々に声を掛ける二人に、ぼくは呟いた。

「……ダメだったよ。電車、行っちゃった……」

二人は言葉を失って、立ちすくんだ。

「なあグミ、得意のハッキングでどうにかできぬのか!?　おいっ」

声を荒げる神威に、グミは弱々しい声で返す。

「無理だよ……その手がかりを、リン自身が消していったんだから」

携帯も通じず、ハッキングも通用しない。どこに行ってしまったかもわからない。

鏡音さんに連絡を取る手段は、もうなくなった。ぼくの声は届かなかった。

離れていった彼女は、もう戻ってこないんだ。

これで、ゲームオーバーだ。


ひゅう、と風が吹いた。

何かが風に乗って飛んできて、引き寄せられるように、足下に落ちた。

引きちぎられたような、画用紙の切れ端。

——ああ、そうか。

ぼくは、それを神威とグミに見せる。二人が、息を呑《の》んだ。

画用紙には、文字が記されていた。見慣れた、あの丸っこい筆跡の文字が。


【きこえたよ】


下り線のホームに、電車が戻ってくる。

ドアが開き、降りてきたのは、小動物みたいな女の子。

ぼくはベンチから立ち上がり、彼女を迎えに行く。神威もグミも一緒に、3人で。

日差しが濃い影を作る。蝉が鳴いている。夏休みはまだこれからだ。

ねえ鏡音さん。きみはこの町で、ぼくや、ぼくのかけがえのない友人と、ずっと楽しく過ごすんだ。

そして、きみが完全に声を制御できるようになったら。

そしたらいつか、その歌声を、みんなで聴きたい。

リンちゃんを全国的な魔法少女に仕立て上げたい。

魔法少女。

もし小説の文中に出てきたら「ライトノベルの文体崩壊が止まらない」と槍玉《やりだま》に挙げられそうな巨大な文字が、リンちゃんの映像に覆い被《かぶ》さるように現れました。

「魔法少女」の周りには、「私は」やら「ポンジュース」やら「を歌っ」やらが、目を凝《こ》らさないと読み取れないような小さなフォントで遠慮がちに散らばっています。

ディスプレイに大映しにされてるこれは、タグクラウド。脳内ワーキングメモリを走査《そうさ》し形態素解《けいたいそかい》析《せき》によって頻出《ひんしゅつ》単語を札《タグ》として抽出《ちゅうしゅつ》し、その出現頻度をビジュアライズした図です。

失敬《しっけい》、堅い表現をしてしまいました。

平たく言います。つまり、目の前のロボっ娘《こ》・鏡音《かがみね》リンちゃんの頭の中は今、魔法少女のことでいっぱいだ、ってことです。

ボーカル・アンドロイド。略してボーカロイド。

その存在も、だいぶ社会に溶け込んできました。CV02タイプF・鏡音リンは、その1体です。左肩の「02」の刻印と、今その服の内側から伸びているケーブルさえなければ、彼女は人間と区別つかないでしょう。

歌うことに特化してはいない彼らを「ボーカロイド」と呼ぶのは違和感があります。が、今更仕方ないのです。アンドロイド開発の発展のきっかけが歌声合成システムだった結果、その名称で世間に定着しちゃってるわけでして。

そんなボーカロイドの鏡音リンちゃんは、今、この秋葉原《あきはばら》にあるラボにて、週1での定期検診の真っ最中なのでした。

青い布で覆《おお》われた部屋の一角に立つ彼女に、尋ねました。

「……なんですか、**魔法少女**って」

「なりたいなって、思った」

リンちゃんが魔法少女になったら……えーと、マジックリン、でしょうか。

そんな下らないダジャレを思い付きました。きっと苦笑いしか返ってこないだろうから、言うのは我慢しますけど。その代わりに、

「いけません。そんな非科学的なものになられてたまるもんですか」

科学者の端くれとして、ぼくは断固、抗議してみました。

「ねえリンちゃん、君は科学の申し子なんですよ。誇りを持ってください。ぼくはきみに、まっとうで普通な、14歳女子中学生らしく過ごしてほしいのです」

「魔法少女も、女子中学生らしい夢だと思うけど……」

「日曜朝8時半に放送してる魔法少女アニメの対象年齢はもうちょっと低めです。見るのはおこさま

です」

「じゃあそっちもおこさまだ」

と言いながら、彼女がトートバッグから持ち出したのは、そのおこさまアニメのＤＶＤ。

「あっ、それ！　ないと思ったら、先週の検診のときに勝手に持って行ってたんですね！」

「ほら、おこさま」

「うっ。……ひ、ひとつ前の枠でやってる変身ヒーローもののついでに見てるだけですっ」

と、苦し紛《まぎ》れに言い訳しておきました。……もしかして、リンちゃんの魔法少女ブームは、ぼくのＤＶＤのせいだったりするんでしょうか。

そういえば、その変身ヒーローも、今年は魔法絡みの話ですっけね。世間的にも、すっかり魔法ブームなんですね。そういう時代なのでしょう。

と、その時、トートに入っていたリンちゃんの携帯が、ピカピカ光りました。

メールだ、とつぶやきながら彼女が文面を確認した瞬間、ディスプレイの「**魔法少女**」のタグのサイズが、さらにぐぐぐーっとふくれあがりました。

もはや魔法少女のことしか考えられない、魔法少女ジャンキーと言っていいレベルです。

「何です!?　何が書いてあるんですか、それ！」

果たして、そのメールはこんな文面でした。

【突然のメール失礼いたします。

14歳思春期真っ盛りの貴女《あなた》にお誘いです！　魔法少女になってみたいと思いませんか？

これはチャンスです。今なら、このメールに返信するだけでその権利が貴女のものになります。期間限定の出血大サービス中です！　どうぞお早めに！】

「……リンちゃん、まさかこんなものに引っかかったりはしませんよね……」

ぼくが呆《あき》れたのと時を同じくして、リンちゃんの指が目にも留《と》まらぬ速さで動き、『なりたいです』という文面がみるみるうちに完成し、そして送信されました。

「うおおおおお1秒の躊躇《ためら》いもなく！　ちょ、これ明らかに迷惑メールじゃないですか！」

「だってすごいよ。私が14歳だって当てた。これは魔法だよ」

「違います！　詐欺《さぎ》の基本的な手口です！　こういうのはね、無差別に1万通くらいメール送れば、たぶん10通くらいは実際14歳の女の子のところにも届くでしょ。科学的に見れば、なんてことないんです！」

「むー」

「……はあ。いいから、検診始めますよ」

ぼくはカメラを構えました。

青い背景《ブルーバック》の前で運動を行い、その映像と蓄積されたデータを比較することで、身体機能に異常がないかをチェックする。それが、この検診の内容です。

ちなみに検診に使われるこのカメラ、メーカーのカスタマイズも入ってて、だいぶお高いんですよ。

「はいリンちゃん、スクリプトのとおりに動いてください」

そう言ったのですが、リンちゃんはむくれた顔で動こうとしません。

仕方ありません。

「……リンちゃん、ひとつ、いいことを教えましょう」

ぼくは白衣をはためかせて、いかめしく語りはじめました。

「なんでこんなにぼくが反対してるかというと、それは、ぼくが本当の魔法の使い方を知ってるからです」

「……科学者なのに、魔法？」

「科学の発達は、呪術《じゅじゅつ》や錬金術《れんきんじゅつ》を祖《そ》としています。昔の偉い人が、こういう言葉を残しています。『高度に発達した科学は魔法と見分けがつかない』。……科学者というのはいわば、魔法使いと同根なのです」

「おおー」

感心したような顔で、うんうんと頷《うなず》くリンちゃん。

チョロいです。

じゃあ、もう少しだけ無茶な方向に話を持っていってみましょうか。

講義中の教授みたいに、ぼくはカメラ片手に、部屋をゆっくり歩き回りながら話します。

「そんな魔法の力というのは、実は唇《くちびる》に宿ります。おとぎ話にあるでしょう、カエルにキスをして掛けられた魔法を解く話。つまり——もしリンちゃんがぼくにキスをしてくれれば、魔法の力を手にすることができるのです！」

そう言いながら振り向くと、唇がありました。

リンちゃんが、目を閉じて唇をこちらに向けていたのです。

「……リンちゃん？」

どんだけ素直な子なんでしょうか。無防備この上ありません。

ちょっと動揺してから、デコピンかましてやりました。

「あのね。今のは全部嘘《うそ》です。リンちゃんは騙《だま》されやすいんですから、もうちょっとしっかりしないといけませんよ」

「うー、ひどい……」

とはいえ、送られてしまったメールは取り戻せません。このままじゃリンちゃんのメアドが悪徳業者に売られてしまいます。ああ、恐ろしい。鬼が出るか蛇が出るか。

まあ、考えても仕方ないですけど。

「さ、気を取り直して、検診を——」

「妖精《ようせい》が出た」

はい？

この子はまた何を言い出したのかと思って、宙を見ると。

女の子が、浮いてました。15センチくらいの大きさで、青い髪の色をした子。頭には宝石のついたヘッドセット。バレエのチュチュのようなデザインの服は、シルクっぽい光沢があるけど正直何の素材かよくわかりません。

確かにこれは、「妖精」としか言いようがないです。

り、立体映像？　いや流石《さすが》にそんな技術は現代日本には存在しません。あまりに非現実的な光景に、ぼくは身体《からだ》を硬直させました。

「あっ、落ちますよー」

妖精がそう言いました。いや、思いきりふわふわ浮いてるじゃないですか、と思ったとき――

がしゃん、と音がしました。

下を見ると、ぼくの手から滑り落ちたカメラが、床で砕け散っていました。

……えーと。お高かったんですけどね。

「どうもー、わたくしー、蒼姫《あおき》ラピスと申しますー」

と、妖精――ラピスが白くて四角い紙を差し出しながら言いました。

紙は指の爪《つめ》くらいのサイズで、何か小さな文字が書いてありますが、小さすぎてとてもとても読めません。

「何ですか、これ」

「名刺ですよー。名刺の交換はビジネスの基本ですよねー？」

何故《なぜ》か、とことんファンタジーな存在に、ビジネスを説かれました。

受け取った名刺をリンちゃんに渡すと、彼女は指の先に名刺を貼《は》り付けて、片目を瞑《つむ》って、じーっと目を凝らして、それから、読めたーって喜びました。それはよかったですね。

「わたくしー、マホウ商事の人材発掘事業部に所属しておりましてー」

「まほうしょうじょ……？」

「商事でございますー。弊社《へいしゃ》では、魔法のように暮らしを変革《へんかく》するー、ソリューションを提案しておりますー」

「魔法のようにって、多分それ比喩《ひゆ》じゃないですよね」

「事業の一環として、わたくし、魔法少女のスカウトを行っているのですー。つきましては、この近辺に高いウィッツ値《ち》が測定されましたのでー、メールにてご連絡差し上げた次第ですー」

「ほらほら、迷惑メールじゃなかったよ」

と、リンちゃんが得意げに話に割り込みました。

ええ、結果オーライですけど……。でもどうやら、迷惑メールよりよくわからないことに巻き込まれたみたいですよ？

「……まず、ウィッ値ってなんですか」

「はいー。波動の大きさといいますかー、思春期の女性にとりわけ高く観測されるー、つまり魔法への憧《あこが》れを表す指標、なのですー」

「はあ。そのまんまですね」

「魔法少女は夢を売るお仕事ですー。なので、飛び抜けて高いウィッ値の持ち主を魔法少女にすることが、とても大事なのですー」

ラピスの説明を受けて、ぼくはディスプレイをちらりと確認します。

カメラの信号が途絶えて、映像のウインドウは既に真っ暗ですが、依然《いぜん》表示されてる「**魔法少女**」の文字の大きさを見れば、確かにウィッ値とやらの高さも納得です。

「もし問題なければー、契約についてー、詳細なご説明をさせていただきたいのですがー」

魔法少女の、契約。

ピンときました。このパターン知ってます。軽はずみにＯＫしたら色々不幸になって、ドロドロの鬱《うつ》展開が起こる系のお誘いです！

「いけません。そんなのはぼくが許しません！」

「なぜですかー？」

「なぜって、そんな怪しいことさせられるもんですか。そもそもこの子は人間じゃありません。ボーカロイドです！　ロボなのに魔法少女になるなんておかしくありませんか？」

「えー……た、確かにー、前例はあまりないですけどー……」

「そう、邪道《じゃどう》なのです！　魔法少女なら魔法少女、ロボっ娘ならロボっ娘。属性とは引き算の美なのです。多すぎる属性は萌《も》えを殺します！」

「も、萌えとかそういうお話なんですかーっ？」

「魔法少女の８割は萌えでできています」

ぼくがずばりと断言すると、「言い切った！」ってリンちゃんがびっくりしました。

「属性をちゃんぽんに混ぜるのは、喩《たと》えるなら、フランス料理に醤油《しょうゆ》をかけるが如《ごと》き所業《しょぎょう》ですっ！」

「……私はアボカドに醤油かけるの好きだけどなあ」

「ええい、リンちゃん、話の腰を折らないでくださいっ。アボカドの話なんてしてませんっ」

「萌えの話だってしてないんじゃ……」

「とにかく禁止ですーっ！」

禁止ですー、ですー、すー……、と、ラボの壁にぼくの声がこだまになって響きました。

ラピスは、がっくりと肩を落としました。

「分かりましたー、この件は持ち帰りとさせていただきますー……」

彼女の周りをキラキラした光の粉が包み、そしてラピスは、ぱっと姿を消しました。まさに魔法、イリュージョンって感じです。

非常識な闖入者《ちんにゅうしゃ》を見送ってから、リンちゃんは、はあ、と溜息《ためいき》をつきました。

「かわいそう……話、聞いてあげればよかったのに」

「ダメです、変なセールスはしっかりお断りしないと……って痛！」

ばさばさ。ぼくの頭の上に、何かが落ちてきました。

「弊社の健全性を示すパンフレットを置いておきますのでー、よろしければご覧ください！」

どこからかラピスの声だけが残って、消えていきました。

パンフレット、ですか。変な置き土産《みやげ》を残されたものです。

頭から転げ落ちてきたそれは、全部で10冊もありました。

ちなみに全部、長辺3センチくらいのサイズ。……だから、小さくて読めないですってば！

＊

秋葉原が電気街と呼ばれる街で、よかったです。

壊れたカメラの代わりの新品は、なんとか手近で調達できました。

ただ、手痛い出費です。ラボの備品は標準化されていないものが多く、実のところポケットマネーで補っているのが現状なのです。

もっとお金が入るお仕事が、できるといいんですけど。

「それにしても、日曜のここはすごい人混みですね……」

秋葉原名物の歩行者天国は、いつでもイベント真っ最中みたいな人口密度です。金払いのいい彼らのおかげで日本の経済は回ってるんだなあ、などと感心します。

と、通行人の9割を占める黒いシルエットに紛れて、ひときわ目立つ赤い色が見えました。

歩道の脇《わき》で、女の子がチラシを配っていました。

小学生くらいでしょうか。真《ま》っ赤《か》なワンピースに身を包み、ミドルヘアをおさげにして纏《まと》めています。

こんな小さな子が、チラシ配り？

差し出されたチラシを、なにげなく受け取って目を通しました。

「……メイド喫茶の、魔法少女キャンペーン、ですか？」

「うんっ、是非《ぜひ》是非どうぞ！　今月だけの限定キャンペーンなんだよ！」

「あっ、いえ……」

最近なんだか魔法少女づいてるなーと思っただけなんですけど。

「……来て、くれないの？」

女の子の瞳《ひとみ》に、不意に涙が浮かびました。

「わーん、お兄ちゃんひどいよー！」

お兄ちゃん。秋葉原でこれ以上にキャッチーな単語を、ぼくは知りません。

周りの目が一気に、ぼくと女の子へと集まりました。「おい、幼女を泣かしてるぞ」「なんて奴《やつ》だ」

「人類の敵だ！」「おまわりさんこっちです！」と皆がざわざわしてるのがわかります。

「わ、わわわわわかりました、とりあえず行きましょう！」

「うんっ、お兄ちゃんありがとう！」

けろりと笑顔に戻る女の子。

……もしかして、嵌《は》められたのでしょうか。

気づいた時には手遅れで、ぼくは雑居ビルの5階へと連れて行かれていました。

狭い踊り場にあるドアには、『えっじ・さいくるず』というロゴが描かれています。

ドアを開けると、薄暗かった景色が一気に明るくなりました。

怪しいお店ではなかったようで、ほっとします。

店内は飾りつけやファンシーな絵で埋め尽くされ華やかです。7、8人ほどの女の子たちが、一斉にこちらに振り向いて、おかえりなさいませー、と叫びました。彼女らは皆、メイドさんや魔法少女っぽいふわふわ衣装や、いろんな衣装に身を包んでいます。

そして……その中の一人が、さっと柱の陰に隠れるのが見えました。

ほほう、あれは。

わずかに見えた、金色の髪。よくよく見覚えがありますよ。

なんだか早速、これが役に立つようですね。ぼくは、カメラを構えました。

2時間後、ラボにて。

目の前では、リンちゃんが正座して、もじもじしています。もうメイド服は着ていません。普段どおりのセーラー服です。

コンピュータのディスプレイには、先程撮った映像がエンドレスで流れています。ぎこちなくお仕事している彼女の様子の、赤裸々《せきらら》な記録。

「あっ、こぼしましたねお盆のジュース」

「だって、あんな撮られてたら動揺しちゃうよ……」

いや。多分、素でこぼしてるんだと思います。リンちゃんドジっ子ですから。

「最近のデジカメは手ぶれ補正も強力ですよねー。顔認識で、ズームの調整までできちゃうんですもんね」

「あっ、ねえ、これあとでデータちょうだい」

「じゃあ後でUSBで接続しましょうか」

「わーい」

……って、そうじゃありません!

ぼくは居ずまいを正して、リンちゃんに向き直りました。

「ねえ、リンちゃん？　中学生って、バイトしていいんですっけ？」

厳しい口調で言うと、彼女は目をそらしました。

ボーカロイドといえども中学生。普通の人間と同じように過ごすよう義務づけられているのです。つまりリンちゃんには、労働基準法第56条が適用されます。詳しい文面はさておき、15歳未満の子は働いてはいけない、という法律です。もしそれがバレたら、お店の方が逮捕されてしまうのです。

「バイトの面接で何も言われなかったんですか？」

「年齢言おうとしたら、止められたよ。かわいい子だからオッケー！　って……」

「……そりゃすごいですね」

そういえば、客引きも小学生にやらせてましたっけ。なんといいますか、すごいアウトローな経営者もいたもんです。一体どんな奴なのか、顔を見てみたいものです。

「でも……、魔法少女の衣装着れるから、絶対受かりたくて」

やっぱ、働きたかった理由はそれですよね。今日《きょう》着ていたのはスタンダードなメイド服でしたけど。

「でね、でねっ、USB貸してほしいの」

突然、リンちゃんがそう言ってパソコンのコネクタの所に走りました。

「そんなにさっきの動画欲しいんですか。いくら自分のコスプレ姿が見れるからって」

「ううん、あのね……」

USBコネクタを服の内側に持っていって、接続します。どこに繋《つな》げてるのかは、ぼくもよく知りません。訊《き》いちゃいけないような気がしてるんです。

そして彼女は、コンピュータと通信を始めます。

ただ、動画ファイルを自分のボディに取り込むのかと思いきや、行っているのは逆に、何かのファイルの、コンピュータ側への転送です。

やがてディスプレイに展開されたのは、何かのテキストファイルでした。

スクロールバーからして、かなりの分量です。17行×45文字で換算《かんさん》して300ページくらいはありそうです。

「なんです、これは」

「こないだラピスさんが持ってきたパンフレット。全部、書き起こしたよ」

「……呆《あき》れました」

「ううっ」

「いい意味でですよ」

そこまで魔法少女に憧れてるなら……話くらいは、聞いてあげてもいいでしょうか。そんなふうに、思わされてしまいました。

ひとつ息を深く吐いてから、テキストに目を通します。

ふむふむ、マホウ商事は、これまでの取引先も申し分なし。契約の約款《やっかん》もなあなあで済ますことはないようで、コンプライアンスも遵守《じゅんしゅ》しています。

……どうやら、文句のないホワイト企業のようです。

緊張した面持ちでこちらを見るリンちゃんに、ぼくは言いました。

「分かりました、ラピスにメール送ってみましょうか」

その途端にリンちゃんは、ぱあっと顔を輝かせたのでした。

「それではー、コンペティションに掛けるための企画の提出をー、お願いしますー！」

ラピスの第一声に、ぼくとリンちゃんは顔を見合わせました。

「コンペ……？」

「はいー。魔法少女は夢を売るお仕事だ、ということは以前ご説明したとおりですー。しかしー、良い魔法少女を作るには、高いウィッ値の他にも、条件がありましてー。つまりですね、良い企画が必要なのですー」

コンペやら企画やら、相も変わらずファンタジーらしからぬ単語が飛び出してきますね。

ラピスの話を総合すると、こういうことだそうです。

昨今は、あまりに魔法少女が多く生まれすぎてネタ切れ状態。似たような魔法少女がいくら生まれても、新鮮味がなければ誰にも注目されない。それでは魔法少女の生まれ損です。

それに、魔法少女自身が魔法少女を「やらされている」状態だと、モチベーションも上がらず、夢を与えるどころではない。

なので、企画を魔法少女候補自身から募《つの》って、魔法少女の魔法少女による魔法少女主体での魔法少女物語を生み出すことにした……のだそうです。

「今流行のー、CGMというやつを、取り入れてみましたー」

「人任せとも言う気がします」

そっ、そんなことはー、と慌てるラピスに、ぼくは尋ねました。

「企画って、どういうことを考えればいいんでしょうか？」

「大事なのは2点ですねー。まずひとつには、他《ほか》の魔法少女と差別化できる『独自性』ですー。これはリンさんの特性上、クリアしやすいかとは思いますがー……」

「もうひとつは？」

「『物語の芯《しん》』ですー。何かしら目的がないと、見る人の心を掴《つか》めませんのでー」

「なるほど。目的というと……たとえば、倒すべき敵とかですね」

「はいー！　理解が早くて助かりますー！」

その後、細々《こまごま》とした話の後、「企画が完成したらお知らせくださいー」と言葉を残して、ラピスは去っていきました。

と、いうわけで。早速、リンちゃんと企画会議です。

「リンちゃん、どんな魔法少女になりたいのかっていう理想は、ありますか？」

尋ねると、彼女は力強く頷きました。

「どんなのですか？　独自性って基準をクリアできるかどうか、確認したいです」

今度は、ぶんぶん横に首を振ります。

「ひみつ。でも、絶対大丈夫だから」

「……うーん」

まあ、彼女がそれだけ自信を持ってるなら、あまりごちゃごちゃ言わないほうがいいのでしょう。

ラピスも、モチベーションが大事だみたいなことを言ってましたしね。

「じゃあ、残る問題は『敵』だけですねー」

倒すべき敵といわれても、そんなわかりやすい敵がいたら苦労しません。大体そんなものは個人で用意できるものでは――、

――待てよ。

ふと、閃《ひらめ》きました。とっておきの妙案《みょうあん》を。

「……？　どうしたの」

「いえ、お気になさらず」

ぼくは一人、ほくそ笑みました。

敵なら……いるじゃないですか。できたてほやほやの、ちょうどいい敵が。

＊

秋葉原、中央通りの歩行者天国の上空には、ＪＲの高架《こうか》が横切ります。

ぼくは今、その上で鉄柱に縛り付けられていました。

目の前には一体のボーカロイドが、門番のように腰に手を当てて仁王立ちです。

ＳＦ－Ａ２・開発コードｍｉｋｉ《ミキ》。手足の継ぎ目も露骨な、日常生活用ではなく軍用のボーカロイドです。実物を見たのは、ぼくも初めてでした。

……まさか、えっじ・さいくるずがこんなに物騒なものを揃《そろ》えているとは。

そうです。ぼくが「敵」として向かったのは、えっじ・さいくるずのオーナーのところでした。

訪れたオーナー室は、スモークが焚《た》かれ、中は薄暗く、その奥で物々しい椅《い》子《す》に座ったオーナーは逆光のせいで正体が分かりません。

まるで本当に、アニメの敵組織みたいな雰囲気の部屋で、正直ビビりました。

しかし、こちらには武器がありました。リンちゃんがメイド喫茶で働いている映像。違法労働の動かぬ記録！

それを使って、ぼくはオーナーを脅《おど》してみたのです。あなたの店が労基法に抵触しているという証拠を持っているんだぞ、と。

するとオーナーは、不敵に笑って言ったのでした。

「我々にはね、そんなものは痛くもかゆくもないんだよ？」

――以上、回想終わり。なんだかんだありつつも、策略《さくりゃく》によってぼくはここに囚《とら》われの身となったのです。

ひとまず、予想外の形とはいえ、「敵」はできました。それはめでたいことです。すでにリンちゃんには「助けて！」とメールを送ってあります。

「……しっかし、ここ、随分高いですね」

高架の上に括《くく》りつけられるなんて貴重な体験、そうそうできません。ぶっちゃけ怖いです。けどその分、地上の様子はよく窺《うかが》い知れます。

見上げる人々は、平和な街に突如現れた悪のボーカロイドを訝《いぶか》しんで、ざわざわとしているようです。写メも撮られまくりです。あっ、ムービーもどうぞどうぞ。

これだけ注目を集めれば、新人魔法少女のお披露目の舞台としては充分でしょう。

すぐ隣の中空に、キラキラと光の粉が舞い、ラピスが現れました。

「お世話になっておりますー。さて本題ですが、企画通りましたー！」

おおっ、朗報。これであとは、リンちゃんの助けを待つだけになりましたね。

「無茶しますねー。弊社としてはありがたい展開ではございますがー」

「いやいや、それほどでも」

そんなふうに話していた時でした。

地上に、南北にまっすぐ延びる道路をこちらに向けて走ってくる、金色の髪の女の子が見えました。

「ようやく……ヒーローのお出ましのようですね」

ヒーローを先導するのは、赤いワンピースの小学生。昨日《きのう》ビラ配りをしていた子――歌愛《かあい》ユキさんです。

人垣を掻《か》き分けて、リンちゃんがこちらを見上げます。

目が合った彼女に、ぼくは叫びました。

「助けてくださいっ！　リンちゃんっ！」

地上の人々の視線と携帯カメラが一挙に、身長わずか152センチの少女に向かいました。

リンちゃんが、こくり、と頷きました。

「……変、身っ！」

腕を交差させポーズを取ると、その姿が閃光《せんこう》に包まれます。

【Append《アペンド》モード発動。魔法少女プログラム、インストールします】

エコーが強めに掛かったガイダンス音声が、高らかに響きました。

黄色い光の球が彼女を包み、衣装が変化します。

ぼくは慌てて手持ちのカメラを構えました。ロープで柱に縛られているとはいえ、手は自由なのです。カメラがズームして、リンちゃんの変身シーンをつぶさに捉《とら》えます。

ひらひらしたセーラー服は、身体のラインが強調された白いスーツに。

腰回りには、スチールの棒で縁取られた、大仰なベルトのようなパーツが出現。

彼女のトレードマークだったリボンやアームカバー、フットパーツには、薄く透けるようなグラデーションが掛かりました。

身体の随所《ずいしょ》が、ボディラインを浮き上がらせるように黄色く発光し、とりわけ目立つボディスーツ周りの光の帯は、ベルトを通じて４本、ひらりと中空へと伸びていきます。

全体的に、洗練された近未来的なフォルム。

【ブート・サクセス。CV02タイプF・鏡音リン・Append、スタンバイ】

音声ガイダンスとともに、リンちゃんはこちらを見て、背を反らせたキメポーズ。

映像なら、ここでシャキーンって効果音と共に集中線を加えたいところです。

――って、なんか違いませんか!?

「説明しましょうー！　Appendは、３形態のモード変化による特殊能力を使いこなす、科学の魔法少女なのですー！」

……こ、これが、リンちゃんの望んだ魔法少女の姿なんでしょうか。

変身前より、ロボっ娘っぽさは確実に上がってます。８時半からのアニメよりは、むしろ、ひとつ前の枠の変身ヒーローのノリに見えます。

昔の偉い人の名言をぼくは思い返します。高度に発達した魔法は科学と見分けがつかない、でしたっけ……!?

「そのひとを、離せ」

びしっとｍｉｋｉに指を向ける、リンちゃん。

「なんだ、邪魔スルナ」

「……マジカルランチャー」

リンちゃんがそう口にすると、彼女の腰回りのパーツから、ガシャン、と砲塔《ほうとう》が飛び出ました。いやいやいやいや、ランチャーって何ですか！

タタタタタタタ！

砲塔が火を噴いたのと、ｍｉｋｉが素早く手を動かすのは同時でした。即座に、ｍｉｋｉの手元で耳障りな金属音が響きます。どうやらランチャーの砲弾を防いだようです。なんという反射神経！

「……というか、今の武器マジカル要素が皆無ですよっ！」

「いえ、説明しましょうー！【モード・Ｐｏｗｅｒ《パワー》】のマジカルランチャーはー、魔法の力で火薬を引火させてー、その爆発のエネルギーによって砲弾を飛ばす技なのですー！」

「マジカルなの発火だけじゃないですか！　99％は物理ですよね!?」

ラピスとそんなやりとりをしている間にも、リンちゃんとｍｉｋｉの戦闘は続きます。

「やるナ、魔法少女」

「そっちも」

二人の視線が交差した瞬間、リンちゃんの姿が、地上から消えました。彼女の立っていたコンクリートには、破裂音とともに大きなヒビが入りました。

「上ダナッ！」

ｍｉｋｉが動きを追います。彼女の四肢が金属の噛《か》み合う音とともに割れ、体内に内蔵されていたミサイルが露出しました。

「無為《むい》に空中に飛び上がるトハ、とんだ素人《しろうと》だナ！　それでは攻撃も避けられマイ！」

手足４本分のミサイルが、空中のリンちゃんへと襲いかかります。

「あぶなーい！　がんばってー！」

地上から声が聞こえました。

目をやると、ユキさんが口の前に手を拡声器のように当て、叫んでいました。

「負けないでー！　マジックリーン‼」

なんかドサクサに紛《まぎ》れて、魔法少女ネームが決定してしまったようです。……っていうか、やっぱ誰《だれ》が考えてもマジックリンなんですね……。

そんな魔法少女マジックリンは、ユキさんに向かってにこっと微笑《ほほえ》むと、両手を前に出してミサイルを受け止めようとしました。

「……マジカルラジエーター」

空気が揺らめきます。

リンちゃんの手のひらが赤く発光したかと思うと、飛んできたミサイルは、どろりと融けてしまいました。少し遅れて、熱の波が30メートルは離れたこちらにまで飛んできます。

「説明しましょうー！　【モード・Ｗａｒｍ《ウォーム》】のマジカルラジエーターはー、内部エンジンの出力を魔法で上げることによりー、電子回路の抵抗で発熱を行う技なのですー！」

「だ、だからマジカル要素少なすぎますよねっ!?」

ともあれミサイルを無力化され、追い詰められるmiki。

その目前に、リンちゃんが着陸しました。徒手空拳《としゅくうけん》で立ち向かおうとするmikiの手首を、ガッと掴みます。

その刹那《せつな》、mikiの腿《もも》にある継ぎ目から、ナイフが飛び出ました。しかし瞬時にナイフはリンちゃんの腰の帯によって薙《な》ぎ払われます。さらにmikiの足首も、2本の帯が締め上げてしまいます。

完全に、mikiの動きを封じた状態です。

強い。

軍用ボーカロイドを圧倒する戦闘力。魔法少女(?)というのは、とてつもない存在です。

「もう武器はないの?」

「クッ……」

「じゃあ、マジカル――……」

溜《た》めが長いです。今度は一体どんな技(物理)が……!

ぼくはカメラのファインダー越しに息を呑《の》みました。地上のギャラリーも、何が起こるのかと緊張しながら見上げていることでしょう。すると……。

――チン。

リンちゃんの額から、CDドライブのイジェクタみたいに何かが飛び出ました。

丸い、焦げ茶色の物体。

武器にしては……なんだか、おいしそうな匂《にお》いが漂ってきます。

「説明しましょうー！【モード・Sweet《スイート》】のマジカルお茶菓子はー、魔法の力でお菓子を生成するのですー！ 殺伐《さつばつ》とした戦闘も、おいしいお菓子があれば一気に和やかにー！ かわいらしい女の子ならではの技と言えますねー！」

ラピスの解説が、言葉を失った皆の間を流れました。

「ちなみに今回のお菓子は、甘食《あましょく》ですー」

なぜ甘食なのか、さっぱり分かりません。ちなみに甘食っていうのは、昭和風味漂う、甘くてモサモサした関東地方ローカルのお菓子です。

攻撃される覚悟を決めていたであろうmikiが、興奮すればいいのか脱力すればいいのか計りかねたような、カピバラみたいな表情をしています。

「たべる?」

「わ、ワタシは戦闘用アンドロイドだから……食事は摂《と》らナイ……」

「残念……」

リンちゃんがしょげ返った瞬間、mikiが「フン！」と声を上げました。

上腕と脛《すね》のあたりに切れ目が入り、そこから手首と足首が分離。無理やりリンちゃんの拘束から抜け出します。ロケットパンチの応用、ということでしょうか。ロボだからこそできる脱出方法。あるいはトカゲの尻尾《しっぽ》切りみたいにも見えます。

抜けた手足の端からは、ジェットの炎が噴射されました。それをスラスターのように利用し、空中で姿勢を立て直すｍｉｋｉ。

「キヨ、今日はここまでにシといてやりマス！」

そう言うと、彼女はジェットを最大出力にし、そのままどこかへと飛んでいきました。

放心したように、ｍｉｋｉを見送るリンちゃん。

シュンと変身が解除され、いつものセーラー服の姿に戻りました。

地上で、ユキさんが叫びます。

「やった！　悪者をやっつけたんだね！　ありがとー、マジックリン！」

一歩遅れて、わあああああ、と歓声が秋葉原を包みました。

リンちゃんは、照れくさそうに地上に向かって手を振りました。歓声は一層勢いづいてしまい、彼女はびっくりして高架の死角へと引っ込みます。

そんなリンちゃんと、目が合いました。ぼくは笑って、お礼を言いました。

「ありがとうございます」

「ううん。助かって、よかった」

これが、謎《なぞ》のボーカロイドｍｉｋｉと戦う、魔法少女マジックリン誕生の顛末《てんまつ》でした。

＊

【秋葉原にリアル魔法少女が出現した件】

そんなタイトルの動画が、ニコニコ動画のランキングで、もう3日もトップに居座っています。

投稿者は、何を隠そう、ぼくです。

動画素材は余るほどありました。さすが秋葉原はガジェットの街。あの時の戦いの模様は、何十人ものカメラにより捉えられ、多くの映像がネットに上がったのです。

その映像を次々に切り替えて見せていけば、カメラワークは思いのまま。さらに、ぼくの手元には、至近距離で録画した直接対決の映像だってあります。

これらを繋ぎ合わせ、BGMや効果音を加え、エフェクトも追加してやれば――、たちまち、大迫力の実録ムービーの完成、なのです。

幾日か後には、この動画はニュースサイトにも取り上げられ、魔法少女マジックリンの存在を知る人の数は雪だるま式に増えていきました。

ネットの各所で、議論が巻き起こりました。マジックリンの正体は？　mikiとは何者なのか？

特に隠すことなくツイッターのアカウントを公開しているリンちゃんは、当然ながらフォロワーが急増。瞬く間にフォロワーの数は5桁を超え、矢のように質問が飛んできます。

『マジックリン！　ねえ、mikiって何者!?』

『私もわかんないけど、次はきっとやっつけて白状させます』

リンちゃんの答えには、嘘《うそ》はありません。

少し良心が痛むけれど、ぼくは彼女に嘘を吹き込んでおいたのです。mikiはどうやらえっじ・さいくるずとは無関係の、謎のボーカロイドのようだぞ、と。すっかり信じ込んだ彼女は、本当にチョロ……素直でかわいいです。

こうしてmikiの正体は謎のベールに包まれつづけ、皆が手がかりに飢《う》えはじめた頃。そのタイミングで、とあるツイッターのアカウントが、リンちゃんに宣言をしました。

『マジックリン！　決闘を申し込みマス！　場所は、秋葉原！』

そのアカウント名は――miki。

これは本物なのか、また新たな戦いが巻き起こるのか。

秋葉原に、大量の野次馬が詰めかけます。

そんな野次馬たちの前に、

「魔法少女キャンペーン、延長しまーす！　マジックリンストラップやマジックリンポスター！　その他各種グッズも用意しておりまーす！」

呼び込みを掛けるのは、えっじ・さいくるずでした。

せっかくここまで来たのだと、祭りの勢いに乗って、野次馬たちの手がゾンビの群れのように売り子さんたちに伸びていきます。

飛ぶように売れるグッズ！　どんどん減っていく段ボール箱！　30分もしないうちに、売り子の人たちは大声で叫ぶことになります。

「マジックリン完売！　マジックリン完売でーす！」

そのタイミングを見計らったかのように、本日のメインゲストが現れました。

謎のボーカロイド、ｍｉｋｉ。迎え撃つのは、我らが魔法少女マジックリン！

さあ、宿命の戦いの第2幕は、これからです……！


所変わって、えっじ・さいくるず、オーナー室。

焚かれるスモーク、怪しい紫の光。趣味の悪い白磁《はくじ》色の柱。

相変わらずの、いかにも悪の組織っぽい部屋で、ぼくはオーナーに謁見《えっけん》していました。

オーナーは一片の紙切れで、ピッと風を切ります。

「今回の見積書作っといたよ。ハンコ押してくれれば、口座に振り込むから」

見積書の費目は「監修費として」。

その金額を見て、ぼくは驚きました。先日壊したカメラや、その他の損失を軽く埋め合わせられるだけのゼロが並んでいます。

「こんなにたくさん……！」

「発案者はあなたなんだから、正当な報酬だと思うよ」

そう言って、オーナーは満足げに微笑みました。おさげを揺らして、いつもの赤いワンピースに身を包んで。

「では遠慮なく頂戴《ちょうだい》します、ユキさん」

――そう。

あの日、この部屋に乗り込んで、未成年を働かせている証拠のビデオを突きつけたぼくに、

「我々にはね、そんなものは痛くもかゆくもないんだよ？」

えっじ・さいくるずオーナー、歌愛ユキさんは、こう言ったのでした。

「なぜならば……私自身が未成年なんだから！」

なんてことでしょうか！　とぼくはショックを受けました。計画はすべて丸つぶれかと、一時は思ったのです。でも、しょげかえっていたぼくを、ユキさんは椅子の上から見下ろし、

「どうしたの？　まさかビデオの告発するためだけにきたわけじゃないでしょ？　話してみせてよ、何が目的なのか……」

さすが鋭いオーナーでした。

ぼくは彼女に、計画の全容を明かしました。

魔法少女マジックリンの企画を立ち上げるにあたり、えっじ・さいくるずには表向きの「敵」となってもらう。そのかわり、えっじ・さいくるずは、知名度の上がったマジックリンの関連グッズの

権利を独占し、売りさばく。

ちょうど秋葉原で魔法少女キャンペーンを行っているのだから、えっじ・さいくるずがグッズ作りを一任というのも、不自然な流れではないでしょう。

それを聞いたユキさんは、ニヤリと笑って、「面白いね」と言ったのでした。

こうして、えっじ・さいくるずとぼくの協力関係が成立しました。

ユキさんが貴重な軍用ボーカロイドを保有していると知った時には驚きましたが、とても都合が良かったので、そのｍｉｋｉを「敵幹部」として使うことにしました。

決闘の場所は常にツイッターを使ってオープンに知らせる。だいたいいつも秋葉原に固定。なるべく客を呼び込むための立地です。

さしずめコンセプトは「会いに行ける魔法少女」でしょうか。

「じゃあ、これからもシナリオ書きは一任するね」

「はっ、お任せください。……って、なんだか本当に悪の組織みたいですねぇ」

「じゃあ……そちもワルよのう、とか言えばいいのかな？」

そう言っておかしそうに笑うユキさんに、ぼくは定番のセリフを返すのでした。

「いえいえ、お代官様ほどでは」

さて、シナリオ書きと言っても、ここから先どうしたらいいものでしょうか。

「……どうしましょうねー」

ラボにて、ラピスと一緒に、ぼくは頭を掻《か》きむしりました。

mikiとの決闘は、もうあれから3回行われました。が、ネットの反応は右肩下がり。

「これは……飽きられかけてますねー。このままではー、遠からずマホウ商事としても黒字が確保できなくなってしまいますー」

「赤字になったら、どうなるんです？」

「契約解除、ですかねー。平たく言えば、打ち切りってやつですー」

「打ち切りは……嫌ですねえ」

「すみませんー、弊社もビジネスですのでー……可能なら、黒字のままシナリオを完結させてー、円満に契約完了としたいところなのですがー」

「努力します」

ぼくは腕を組んで、なんとかできないか、考えを巡らせてみました。

「やっぱ……マンネリなんですかね。ただ毎回二人が戦ってるだけですし」

「戦闘だけでなくー、何かドラマティックな展開を起こしたいところですねー」

「ドラマティック……ですか。どんでん返しみたいな？」

「そうそうー、意外な人物が実は意外なことを！　ってやつですー」

「といっても、登場人物ってホント、mikiとリンちゃんの二人だけですけどね……」

これでは、話の広げようがありません。

「あーあ、どうしましょうねえ……」

頭をポリポリ掻きながら、ぼくはヒントを探してネットを徘徊《はいかい》してみました。

すると、気になるものを見つけました。

ツイッターでｍｉｋｉがおかしなことをつぶやいているのです。

『マジックリン、最終決戦デス！　場所は――』

と、指定されている住所は……秋葉原は秋葉原なんですが、どこか見慣れた住所。

「何ですかこれ。ラピスは何か知ってますか？」

「いえー、特に何もー」

ふるふる首を振るラピス。じゃあこれは一体。

というか、最終決戦って何でしょうか。ぼくはそんなシナリオは与えていません。そもそも今日バトルを開催するつもりもありませんでしたよ。ｍｉｋｉの独断で、こんな勝手なことをしたというのでしょうか。

「ダメですね……ｍｉｋｉには後でしっかり言い聞かせておかないと」

その時、でした。

ガチャ、ガチャリ。

ラボの入口で、ドアの鍵《かぎ》が開く音がしました。

「……誰でしょう？」

ただ事ではない気配を感じて、玄関へと足を運びます。そこに立っていた者の姿に、ぼくは唖然《あぜん》としました。

マジックリン変身状態のリンちゃんと、mikiが、仲良く並んでいます。

そして後ろには、カメラを構えた群衆が、ずらり。

ぽかんと口を開けたぼくに、リンちゃんが言いました。

「騙《だま》してたんだね。あなたが――黒幕だったんだ」

てへぺろ、と舌を出すmikiの表情で、ようやくぼくは状況を把握しました。

……ああ、なるほど。

ぼくの企《たくら》みが、全部バレちゃったわけですか。

さっきmikiがツイートしてた住所は、よく考えたら、このラボの住所でした。

リンちゃんが、ぼくを睨《にら》んでいます。まっすぐに向けられたマジカルランチャーをぼんやりと視界に入れながら、ぼくは閃いたのでした。

……初期に身内だったキャラが、実は黒幕。

なかなか、いいどんでん返しだと思います……。

よござんす。それでは最後に一花咲かせてあげましょうか。

ぼくは白衣をバサッと翻《ひるがえ》して、歪《ゆが》んだ笑い顔を作り、叫びました。

「フゥーハッハッハ！　そのとおりだッ！　よくぞ見破ったな、マジックリン……！」

＊

悪は潰《つい》えました。

魔法少女マジックリンは、こうして不本意ながらも意外性のある最終回を迎えたのです。

——どこまでが自作自演で、どこまでが本気だったのか？

そんな議論も込みで、最終回の動画はまたもネットに話題を巻き起こしました。

ぼくはといえば、こんな勝手なことをしてたことがラボの上司にバレて、大目玉を食らい、ボーカロイド関連の業務から外されてしまいました。

結果、リンちゃんとの接点もなくなり、今彼女がどこで何をしているかは、ツイッターを眺めることでしかわかりません。

ラピスは最終回が終わった後、さっさと契約を解除して魔法の国に帰っていってしまいました。ドライなものです……まさにビジネスライクというやつですね。

そんなこんなで、瞬《また》く間に、半年が過ぎた頃のことでした。

ぼくは、ネットに大々的に打たれた、とある告知を目にしました。

仕掛け人は、えっじ・さいくるず。彼らの用意した特設サイトには、大きな文字でこんなことが書いてあります。

【魔法少女マジックリン、第2期始動！】

どういうことです？　一体何をやるつもりなんでしょうか。

サイトの説明を読み進めると、2期の内容は今までとは大きく方針を変えるようです。

今度は「敵」なんていない、バトルもない。

つまり日常ものとして、再出発するそうです。

……なるほど、そういう方向性もアリなのかもしれませんね。ぼくの企画した第1期は、「敵」に拘《こだわ》りすぎていたのかもしれません。

考えてみれば魔法少女の元祖は、日常的な悩みを解決する魔女っ子でした。リンちゃんの、ちょっと天然で騙されやすい、まっすぐなキャラクターは、きっと皆に癒《い》やしと元気を与えることでしょう。

悪くない企画だと思います。

まあ、彼女との接点を失ったぼくには、関係のないことなのですけれど。

「……それにしても」

ぼくは身体を抱きかかえて部屋を見回しました。

まったくもって、今日は寒い。

配置転換させられて以降、収入も大きく下がり、細々と暮らすこのボロアパートには、ぴゅうぴゅうと隙間風《すきまかぜ》が吹き荒れています。

ひとまず冷蔵庫から、ペットボトルのお茶を出して、コップに注ぎました。

よく冷えています。電子レンジで暖めないと、とても飲めたものではありません。

はあ……冬の厳しさが身に沁《し》みます。

そう思った時、玄関のベルが鳴りました。

インターホンを繋ぐと、懐かしい声が響いてきました。

『ひさしぶり。……入って、いい？』

ああ、この声は。

ぼくは破顔して、いらっしゃい、と答えました。

冷えたお茶は、マジカルラジエーターが温めてくれることでしょう。

とはいえぼくの心なら、もう温まっていますけれどね。なんて思いながら、ぼくは早足で玄関に向かうのです。

今日はマジカルお茶菓子を食べながら、のんびりリンちゃんとお話をしたいです。

Project DIVA Fでリンちゃんを救いたい。

ぺりり、と。

何かが引き剥《は》がされるような、曖昧《あいまい》な、けれど嫌な夢を見た。

＊

目覚まし時計の音で、目が覚めた。

４月も半ばとなれば、スギ花粉の量もピークに比べるとだいぶマシだ。寝起きに感じる目の痒《かゆ》みもだいぶ収まってきた。さあ、一日の始まりだ。

リビングに降りると、母さんが朝食の用意をしていた。

「おはよう、母さん」

そう挨拶して、食卓につく。テーブルには、山のように盛られたみかんがある。

ぼくや母さんはそこまでみかん好きというわけではないのだけど、主にリンちゃんが食べるために用意しているのだ。

あの子がリアルの世界に出現してから、もう2年が経《た》つ。

突然パソコンから飛び出してきて、ぼくのファンだと言ってくれた、ボーカロイドの女の子。

マスターのぼくはといえば、相変わらず底辺P《ピー》のままだけれど、けれど遥《はる》か天の上を見てコンプレックスを抱くようなことはなくなった。

その一件をきっかけに、ぼくは母さんにも、自分がボーカロイドが好きだってことや、今そのボーカロイドが家にいるんだってことをカミングアウトしてみた。

母さんはアナログ人間の代表格だ。リンちゃんの存在をどう受け止めるのかは未知数だったのだけれど、

——パソコンから出てきちゃうなんて、最近のプログラムってすごいのねえ。

むしろデジタル世代よりも素直に受け入れてもらえて、拍子抜けしたものだった。

お姉ちゃんが戻ってきたみたいだと母さんは喜んで、それ以来、食卓には必ず3人前の食事が並ぶようになった。

「はい、できたよ」

そう言って、今日も母さんが食卓にお皿を並べる。じゅうじゅうと脂の乗った焼き魚が、1皿、2皿。

「……あれ、リンちゃんの分は？」

「へえ？」

ぼくの言葉に、何を言ってるのか理解できないという様子で、首をかしげる。

それから母さんは、耳を疑うような台詞《せりふ》を、口にした。

「……リンちゃんって、誰《だれ》？」

「鏡音《かがみね》リンの消失、って感じ？　もしそれがリアル話なら、燃える展開だわー」

昼の大学食堂にて、ぼくの顔を見るなりそう言って笑ったのは、工学部の友人だ。

彼は2年前を境に、どっぷりとボーカロイドの世界にハマった。ボカロはニコニコ動画の「技術部」との親和性も高い。持ち前の器用さを買われ、今ではボカロ関連の企業のプロジェクトに関わるようにすらになった。

そんな友人なら、何か今の状況にヒントをくれるんじゃないかと思って、携帯にメールして、相談に乗ってくれるよう頼んだのだ。

長机を挟んだ向かいの椅子《いす》に荷物を置き、注文のためにカウンターに向かおうとすると、

「お前の分の注文、頼んでおいてあげたよー。景気づけってことで」

どん、とぼくの前に差し出されたのは、異様なラーメン。ネギが特盛りになっていて、もはや麺《めん》よりも長ネギのほうが多いくらいのアンバランスな姿だ。

「なんだこりゃ。嫌がらせか？」

「んーとさ。最近読んでるボカロ小説の主人公の好物がさ、チョモランマ盛りのネギフェスラーメンなんだ」

な、なんでいきなりボカロ小説の話を!?

「その小説ではさ。主人公と交流を深めた初音《はつね》ミクが姿を消しちゃうんだよ。ミクを取り戻すために主人公は奔走《ほんそう》する。で、その時に片腕になるのが、大学の友人なんだよねー」

「はあ、そう繋《つな》がるんですか。……お前も頼りになってくれるのかな」

「んー。話次第だねー。ひとまず、状況をｋｗｓｋ《くわしく》」

悪戯《いたずら》っぽい笑顔を見て察した。たぶんこいつは面白おかしい話が聞きたいだけだ。

ニヤニヤ顔のまま定食の唐揚げを頬張《ほおば》る友人に、ぼくは、訥々《とつとつ》と状況を伝えた。

「朝起きたら、リンちゃんの――鏡音リンの存在が、世界から消えてた。パソコンにインストールされてたはずのライブラリも、ネットで検索した結果も、何もかもが煙のように失われていたんだ」

ネットの知り合いも、あのイケメンＰですら、鏡音リンなんて最初からいなかったみたいに振る舞っている。

「お前も……『鏡音リン』って言われてもわからないんだよな？」

「聞いたこともないねー。レンのことじゃないんだよね？　ていうか、レンってわかるよね？　俺《おれ》としては、お前はレン使いのＰだって認識してるんだけど」

「ああ。レンのライブラリは、パソコンにも残ってた。消えてたのはリンだけだ」

ぼくが過去に作った曲も、ネットに上がっている曲も、皆、鏡音レンの曲としてすり替わっていた。

まるで世界がそうやって辻褄《つじつま》を合わせたかのように。

友人は顎《あご》に手を当てて何やら考え込む。

「……んっと。クリプトン社のキャラクター・ボーカル・シリーズについてはどう認識してる？ 3製品出てて、順に、初音ミク、鏡音レン、巡音《めぐりね》ルカ……って認識は、合ってる？ だとすると、そのリンっていうボカロが入る余地はないと思うんだけど」

「鏡音は、リンとレンのツインボーカルのはずだ」

「ツインボーカルぅ？」

友人は、味噌汁《みそしる》を吹き出しかけて口を押さえた。

「ひとつの製品にキャラが二人ついてくるってこと？ そんなボカロ見たことないよ」

「……」

事実そういう製品だったんだと強弁《きょうべん》したところで、友人には通じないだろう。その語調から、だんだん真剣味が抜けてきたのが、ありありとわかる。

ごはんを口の中に押し込みながら、彼は投げやりに言った。

「俺を信《しん》じさせるには、ひょっと話の詰《つ》めが甘過ぎかなー。やりなおひ」

「おいおい、友達甲斐《がい》ねえな！」

「だってさー、全部お前の妄想だって考えた方が辻褄が合うんだもん。無理あるよ。もうちょっと面白い設定を作り込んでくれてるかと思ったらさー」

やめやめ、と彼は定食の食器を重ねると、懐からゲーム機・PlayStation《プレイステーション》 Vita《ヴィータ》を取り出した。

「ボカロの話をするなら、それよりこっちでしょー。今一番熱いよ、Project《プロジェクト》 DIVA《ディーヴァ》」

ああ、ボカロをモチーフにした、セガから出てるゲームか。

ゲーム関連はよくわからないので追ってなかったけど、ツイッターでフォロワーさんが盛り上がってたのを前に見た記憶がある。ボカロ曲に合わせてボタンを押していく音ゲーで、相当売れているらしい、ってことくらいは知ってる。

「……ちょっと見せて」

サイバーな画面に、ボーカロイドたちが並んでいる。

初音ミク、鏡音レン、巡音ルカ、ＫＡＩＴＯ《カイト》、ＭＥＩＫＯ《メイコ》。

でも、やっぱりそこには、鏡音リンちゃんの姿だけがなかった。

どこかに痕跡《こんせき》がないものか、食い入るように画面を覗《のぞ》くぼくに、友人は何を勘違いしたのか、

「おー、興味ある？　これはＶｉｔａ版の『ｆ』だけど、先月出たのは、ＰＳ３の『Ｆ』だよ」

「興味ねえよ別に」

「小文字のｆと大文字のＦでは互換性《ごかんせい》があって、ＤＬＣ《ダウンロードコンテンツ》使えば収録曲やモジュールも完全互換になるんだ」

「聞いてねえ」

――ん？

気になる単語を耳にした気がして、ぼくは少し遅れて、弾かれたように彼に向き直った。

「今、なんて言った。モジュール？」

「えっ、うん。DIVAではリズムゲームにあわせてボカロキャラが踊る。その時の衣装は自由に選べるんだ。それがモジュールだよ」

ガタンと、ぼくは立ち上がった。

「やっぱ、友人って頼りになるな。ありがとな」

「……？」

きょとんとする友人を置いて、ぼくは駆け出した。

あっラーメン食ってないな！　とぼくの背中に声が飛んできた。知ったことか、もう一刻だって待ってられない。

リンちゃん。きみを救い出す糸口が、見つかったかもしれない。

＊

リビングのテレビ前で、大きな箱を下ろした。

PS3とProject DIVA Fは、大学の最寄り駅前の大型電器店に売られていた。

乱雑に包装をはぎ取り、テレビに接続する。起動したPS3は、ネットワーク設定やらシステムアップデートやらを求めてくる。くそ、歯痒《はがゆ》い。早くしろ！

のろのろと進むアップデートのプログレスバーを、逸《はや》る心を抑えながら眺めた。

……2年前に、リンちゃんが実体化したのは何故《なぜ》か。

自分なりに、その仮説を立ててみた。

どう考えても現代科学の限界を超えた現象なので、むしろオカルティックな方向からの考察になったけれど。

『歌』というのは、かなり宗教的な要素を持っている。

古来から人々の生活は歌と共にあった。祝い歌や田植え歌。暮らしの中で、折に触れて歌われるこれらの歌は、儀礼歌《ぎれいか》と呼ばれる。

儀礼歌の特徴は「境界性」だ。時間と空間、此界《しかい》と他界の境で、歌は歌われる。

西洋でも同じで、賛美歌は世界の壁を越え、神へと届けられるためのものだ。

つまり、洋の東西を問わず、人類は信じてきたわけだ。

歌には「境界」を越える力がある、と。

だからリンちゃんが二次元と三次元の境界を越えたのには、「歌」の力が強く作用したんじゃないかと、ぼくは思う。

さて。

このような「越境《えっきょう》」のために使われる装置は、歌だけではない。「踊り」もまた宗教的装置のひとつだ。あらゆるときに古代人は、踊ることで精神をより高次へと移して、世界の外側と交信しようとした。ダンスミュージックのジャンルに「トランス」があるのも示唆的《しさてき》だ。

翻《ひるがえ》って問うてみよう。Project DIVAは、どういうリズムゲームだ？

歌、そして踊り。

「越境」を示唆する宗教的要素が、揃《そろ》いすぎている。

それに、DIVAには「モジュール」がある。かつてぼくのリンちゃんは、衣装を変えるときに「モジュールチェンジ」という言葉を使っていた。これは偶然の符合《ふごう》だろうか？

いや、DIVAはきっとリンちゃんを取り戻すための何らかの手がかりになる。

そんな奇妙な確信が、ぼくの中に生まれていた。

やがてシステムアップデートが終わり、テレビ画面が操作可能な状態に切り替わった。

「Project DIVA F」のアイコンを、選ぶ。

するとーー、
ザザッ、と画面にノイズが走った。次の瞬間、テレビが光り輝いた。

光は部屋全体を包み込む。まぶしくて目を開けていられない。

固く目を瞑《つぶ》っても白く染まる視界の中、無機質な機械音声が部屋に鳴り響いた。

【モジュール「初音ミク　オリジナル」が解放されました】

【モジュール「鏡音レン　オリジナル」が解放されました】

【モジュール「巡音ルカ　オリジナル」が解放されました】

【モジュール「KAITO　オリジナル」が解放されました】

【モジュール「MEIKO　オリジナル」が解放されました】


光が、収まってゆく。

ぼくが目を開けると、そこには――5人のボーカロイドがいた。

膝《ひざ》あたりまである巨大なツインテールを揺らし、んー、と伸びをする初音ミク。言わずと知れた、ボーカロイドの代表選手だ。

巡音ルカは、ゆるく波打ったロングヘアをかき上げて、ニコッと笑った。以前にリンちゃんが披露したコスプレとは全然違って、メリハリのあるプロポーションだ。

鏡音レンは身体《からだ》を横に向け、横目だけこちらを見据え、なんだか不機嫌そうに睨《にら》んでくる。反抗期真っ盛りって感じだ。

メイコは腰に手を当ててポーズを取る。胸元の開いたジャケットからおへそが覗いている。こんなにスタイルいいと目に毒だ！　慌てて目をそらすと、横に立つカイトの顔が視界に飛び込んできた。

カイトは、視線が合うと、なんか嬉《うれ》しそうにぶんぶん手を振る。成人男性キャラのくせに一番無邪《むじゃ》気《き》っぽいぞお前。薄着のメイコとは対照的に、ロングコートにマフラー姿。

5人はお互いに顔を見合わせる。それから、ミクが頷《うなず》いて、一歩前に出た。

「あっ、えーと、初めまして。ボクは初音ミクです」

ぺこりとお辞儀するミク。あ、ボクっ娘《こ》なんだ。

ぼくもつられてお辞儀した。

「ああ、どうも、いつも素敵な曲を沢山ありがとう。お世話になってます……」

「てへへ、ひとえにPの皆さんのおかげで」

破顔するミクに、メイコが口を挟んだ。

「なーに普通に会話しちゃってんのさ。あんたも、驚かないのね？」

そうだ、驚くの忘れてた。今更だ。

二次元のキャラクターが実体として目の前に現れたというのに、確かに、ぼくはやたらと冷静に状況を受け入れていた。もちろんその理由は、前例があったからだ。

リンちゃん。

——彼らは、その存在を覚えているのだろうか。もし彼らまでもが忘れていたとしたら、お手上げだ。ぼくは緊張しながら、５人に声を掛ける。

「みんな。鏡音リン……のことは、覚えてる？」

「もちろんだよっ！」

ぼくの言葉が終わらないうちに、ミクがそう叫んでぼくの手を握る。

「呼んでくれて、ありがとう。……この世界であの子のことを覚えている、最後の一人」

最後の、一人。その言葉を口の中で反復する。途方もない話だ。

「なあ。一体、何が起こってるんだ？」

「リンちゃんが、世界から、消えちゃった」

「それは知ってる」

「だから……うーん……うーん。ルカぁー、代わって」

……ミクはあんまり頭が良くないみたいだ。

バトンタッチして、仕方ないですね、とルカが前に出る。ぱちぱちミクが手を叩《たた》いた。

「わーい、教えてルカ先生！」

「その前に、ね。えいっ！」

ルカがピッと指を伸ばすと――あたりの景色が乱れた。

リビング全体にブロックノイズが走り、テレビもテーブルも棚もカレンダーも時計も、全《すべ》てのものが粗いドットに変化し、そのまま宙に消える。モジュールチェンジをさらに派手にして、見えている風景全体に適用したような感じだ。

その代わりに現れたのは、学校の教室の風景。

光沢のあるリノリウムの床、壁の一面を占有する深緑色の黒板。その横にはちょっとボコボコに表面が波打った掃除用具入れ。差し込む陽光。

大きく開いた窓から見える景色は、明らかにぼくの家から見えるものとは違う。

「何だこれ。瞬間移動か何か……？」

「ルームチェンジです。DIVAに備えられた機能なんですよ」

黒板前まで歩きながら、そう言うルカの目元には、赤いフレームのメガネが掛かっていた。衣装は替わってないけれど、目元が変わるだけで知的な女教師っぽい雰囲気だ。

「そんで、そのメガネはモジュールチェンジ？」

「アクセサリですけどね。DIVAに用意されているものであれば、お好みなら別のメガネもできますよ。21種類、よりどりみどりです」

「多っ！　なんでただのリズムゲームでメガネの種類そんな充実してんの！」

「趣味です。まあ……普段はコンタクトなんだけどねっ」

「ルカぁ、そのネタはもうやったよ」

合いの手を入れるミクと、ルカは二人で笑ってる。……もうやったって、何をだ。

「まあ気を取り直して、Let's study together!」

クイッとメガネを持ち上げて、流暢《りゅうちょう》な英語をキメるルカ。

さて、と息を吸い込んで、彼女は淀《よど》みなく言葉を吐き出した。

「鏡音リンという存在は現状、世界の深淵《しんえん》で、古態的《アルカイック》な状態にまで還元されています。結果、世界はあの子を認識できず、あの子が存在しないものとして再構成されています——あなたを除いては、ですが」

「……ごめん、もうちょっと易《やさ》しい言葉でお願い」

「あっ、すみません」

つまり、と言いながらルカは、教室の黒板に向かい、横線を1本引いた。そして、その線から少し離れた上にチョークで丸を書き、中に「3」という文字を書き込む。

「あなたは三次元の存在ですよね。つまり、この、線より上の地点にいます。そして私たちボーカロイドは二次元、つまりここです」

線より下に丸を書いて、中に「2」。

「そしてリンちゃんは今――」

さらに下。黒板の下端ギリギリのところに、ルカはグリグリとチョークを押しつけ、白い粉を盛りつける。

「ここです。二次元にすら達しない、深い深い場所で、あの子は眠っています」

「はあ……」

ニュアンスは理解できた気がするけど。

「そのリンちゃんを、どうやって助けられるんだ」

「単純な話です。深いところにいるなら、引っ張り上げればいい」

ルカはリンちゃんのところからぐーっと線を伸ばし、三次元のところで矢印を結んだ。

「あなたは世界で唯一、リンちゃんの記憶を失っていません。あの子との繋《つな》がりが深すぎて、奪えなかったんでしょう。あなたとあの子の間には、強い繋がりが残っている。それは言い換えれば、次元を超えて彼女を引っ張り上げる力を持っている、ということです」

「だから、どうやって？　引っ張り上げるって言われても、漠然としすぎて……」

「さっきあなたは、その力を使ったはずですよ」

「……あ」

DIVAを起動して、ボーカロイド5人を呼び出した。

そのことを、ルカは言っているのだ。

「はい。私たちは、あなたの力を足がかりに、次元を半歩だけ、登ってきました」

黒板に描かれた、横線の上下の「2」と「3」の数字。その2つをまとめて囲むように、ルカは大きく丸を書いた。

「私たちはここに、いわば2・5次元として、この空間を作りました。ここでは、DIVAのルールが、世界のルールを乗っ取って適用されます。すなわち、『ゲームをクリアすると、封じられていた様々なものが解放される』のです」

「ん、なんかまどろっこしいな。ぼくの記憶をキーにすれば、リンちゃんをそのまま復活させられるってわけじゃないのか？」

「わずか半次元、私たちを引き上げる程度なら可能でした。でもリンちゃんを世界に呼び戻すには、とてもとても足りません。……何とかして、その力を増幅しなければならない。その手段が、力をソングエナジーという扱いやすい形へと変換し、このDIVA空間を活用することなのです」

「えーと……」

ルカの説明は、ややこしい。

でも、やるべきことは、どうやらそこまで難しくはなさそうだ。

「……つまりさ。リズムゲームをクリアすれば、リンちゃんを取り戻せる、と?」

ぼくの問いに、ルカは満足げにメガネを直した。

「Yes, good answer!」


「それじゃあ、リンちゃんを取り戻すための冒険に、しゅっぱーつ!」

ルカの説明が終わったのを見計らったのか、ミクが勢いよく拳《こぶし》を振り上げた。

同時に再び、風景にノイズが走る。ルームチェンジだ。

ルームというには広大すぎる空間に、景色は装いを変えた。

遠くまで広がるのは、紫色の空。床は石畳状のブロック……なのだけど、なんだか立方体を集めて重ねたような、カクカクした形をしている。一昔前のゲームのドット絵みたいな感じだ。

壁があったところには、白い枠に黒地のメッセージウインドウが浮かんでいた。【HP】【MP】【そうび】などのステータス情報が、電光掲示板みたいに現れては消える。

なんか、どっかのRPGで見たぞ、こういうの。

「ねっ、冒険っぽいでしょ」

「冒険っぽいけど、このRPGってセガから出てるんだっけ……」

「……はい、これコントローラっ！」

質問を華麗にスルーして、ミクは両手ほどの大きさの、箱形の機械を取り出した。

表面の右手側には、菱形《ひしがた》にボタンが配置されている。丸、バツ、四角、三角。そして左手側にも同じく菱形の配置で、上下左右の矢印が刻印されたボタン。少し内側にアナログスティックが取り付けられ、中央には黄色いランプ状のボタンが発光している。

「それがスタートボタンだよっ。押してみて」

言われるまま黄色いボタンを押すと、紫色だった空が仄白《ほのじろ》く変化し、音楽が流れはじめた。

……ゲームスタートだ。

ツカミはリズミカルな電子オルガン。そこにピックスクラッチを皮切りに歪《ゆが》んだエレキギターが入り、一気にテンションを最高潮に持っていく。

イントロですぐわかる。何度となくニコニコでも聴いた、あの有名Pの大ヒット曲だ。

空中にふわりと空気の揺らぎができる。次の瞬間、青いバツの形のマーカーが出現した。

――そして、こちらに向けて飛んでくる！

「バツを押して！」

メイコが叫ぶ。マーカーはもう目前だ。慌てて手元のコントローラにあるバツ印のボタンを押した。

すると、マーカーはパンと弾《はじ》けて消滅し、【SAFE《セーフ》】という文字が浮かんで消えた。

「ぼーっとしない！　次も来てる！」

リズムに合わせてボタンを叩く。ターン、タタン、ターン。

【SAFE】【SAFE】【FINE《ファイン》】【COOL《クール》】【COOL】

浮かぶ文字がだんだんいい感じに変わってゆく。ボタンのタイミングが、曲と合ってきた。なんとかイントロが終わり、1番に入る。

歌はどうなるのかと思ったら——ミクがマイクを構えて、朗々《ろうろう》と歌いはじめた。

「……ちょ、お前が歌うのかよ！」

「ふっふっふ、当然じゃないか」

ぼくの前に飛び出てきたのは、カイト。マフラーをなびかせて得意顔だ。

「口パクじゃなくてしっかり生歌を届けるのが、僕たちボーカロイドのプライドだよ」

「ボーカロイドは生歌って言うのかよ!?　っていうか人が集中してるときに飛び出てくるなよっ」

律儀に突っ込んでたら、マーカーに身体を貫かれた。軽い脱力感を覚えるとともに、ふわりと【WORST《ワースト》】の文字が浮かんだ。ほらミクの歌声も止まっちゃったよ。

「カイト邪魔っ」

「ぐえっ」

メイコがカイトのマフラーを引っ張って、ぼくの視界から除《よ》けてくれた。助かる！

「あ、他《ほか》のマーカーも飛んでくるから気をつけて！」

バカイトとは対照的に、メイコの指示は的確だ。

そうだ、飛んでくるマーカーはバツだけじゃない。丸、四角、三角。長い帯がついたマーカーでは長押し。矢印の形のマーカーでは、左右のボタンを同時押し。

うっ、なかなか目まぐるしいぞ。でも、ボカロPの意地に懸《か》けて、負けてたまるものか！

目の前だけでなく次のマーカーのことも意識して運指《うんし》をこなし、なんとか食らいつく。

曲も中盤になると、だんだん慣れてきた。

なんだ、コツさえ掴《つか》めば問題ないじゃないか。次は何が来るんだ？　丸か？　バツか？　三角でも四角でも何でも来い！

「――って、星!?」

謎《なぞ》の星形マーカーが大量に飛んでくる。適当にボタンを叩きまくるが、マーカーはびくともせず、次々とぼくの体を貫く。

痛くはない。けど、全身から力が奪い取られるような感じがした。

メイコの声が聞こえた。

「星はスクラッチ！　アナログスティックを指で弾《はじ》いて！」

言われたとおりにすると、ようやくマーカーが弾け飛ぶ。【FINE】！

「ソングエナジーが減ってる！　ミスしないように気をつけてね」

了解、メイコ姐《ねえ》さん。息を深く吸い込んで、ぼくはマーカーに集中した。

……やがて、曲が終わった。

RPGっぽいメッセージウインドウに、チカチカと「GREAT《グレート》」の文字が表示された。

「ぐーれいとぉ!」

ミクが、ぱちぱちと拍手しながらこちらに駆け寄ってきた。皆も、わっと歓声を上げる。

一仕事終えて、緊張が解けてふらっと座り込む。そんなぼくの肩を、メイコが叩いた。

「やるわねー。本当に初心者? ちょっと練習すれば、かなり強くなれそうだわ」

「そう言われると嬉しいよ」

手放しに褒《ほ》められて、正直テンションは上がってしまう。

「あっ、次の曲が解放されてるみたいですね」

ルカに言われ、コントローラを見ると、黄色いスタートボタンが明るく光を灯《とも》している。

「早速、次もやりますか?」

好成績で気力が湧《わ》いてきた。ぼくは頷いて、スタートボタンを押した。

GREAT。GREAT。次は少し失敗してSTANDARD《スタンダード》。GREATのあとSTANDARD。そしてSTANDARD。

クリアだけなら、順調だった。

聴いたことのある有名なボカロ曲ばかりなので、リズムも取りやすい。

しかし、ゆるやかに上がる難易度に、だんだん対応しきれなくなっていく。クリアのボーダーラインへと、スコアが徐々に近づいてゆくのがわかる。

そのうちに、ついにぼくは危険水域に足を踏み入れた。

「うわあ、ギリギリだ……」

メッセージウインドウに映る戦績のグラフによると、どうやらあと1回ボタンを叩き間違えただけでもゲームオーバーだったようだ。

「……次、行く？」

「うーん」

ミクに問われ、ぼくは初めてスタートボタンを押すのを躊躇《ちゅうちょ》した。この調子だと、次は危ないかもしれない。

けれど、ミクは無責任にぼくの肩を叩いた。

「大丈夫大丈夫！　きっとなんとかなるってー！　ほら、どーんといっちゃお？」

「でもなあ」

煮え切らないぼくの手から、コントローラがひょいと取り上げられた。

「貸しな」

ニッと笑ったのは、メイコ！

「あたしらがプレイしても問題ないんだよね、ミク」

「う、うん」

メイコがスタートボタンを押すと、音楽が始まり、そして数分のプレイの末、終了した。

特筆することもないくらいに、安定したプレイだった。

叩き出した評価はPARFECT《パーフェクト》。GREATより上のEXCELLENT《エクセレント》の、さらに上に位置する、最高の評価。ミスひとつないプレイヤーに贈られる栄冠だ。

「どうだい」

「流石《さすが》姐さん！」

ぱしーん、と全員とハイタッチを合わせるメイコ。背中に頼もしさが溢《あふ》れている。

メイコは、日本で初めて発売されたボーカロイドだ。今や大きな存在となったボカロのムーブメントの、先陣を切り拓《ひら》いてきたのは、彼女なのだ。

「めーちゃんはね、DIVAが一番うまいんだよ」

誇らしげにカイトがそう言った。

それからの攻略は、俄然《がぜん》勢いづいた。まったく危なげなく、彼女は曲を埋めていった。

メッセージウインドウにまた「GREAT」の文字が光った。

何曲がメイコによって組み伏せられてきただろうか。快進撃は止まらない。もう曲数から考えると、ゲームも終盤になってるんじゃないだろうか、と、誰もがそう思っていた頃《ころ》。

コントローラに灯ったスタートボタンの黄色い光。そこに指を伸ばそうとするメイコの動きが、止

まった。

「……なんか、嫌な予感がする」

彼女の野生の勘が何かを告げているのか。

今まで快調だっただけに、違和感が皆の間に伝播《でんぱ》する。張り詰めた空気が、場を支配した。

「めーちゃん、やんないの？」

ひょいとメイコからコントローラを奪ったのは、カイトだ。

おい空気読めよ！　なに自信満々に鼻歌歌ってんだよ。

「さっきから一人だけずるいよ。次は僕にやらせてよ」

スタートボタンが押され、音楽が流れはじめた。

一音ずつ上昇してゆくマリンバで始まったその曲は――異様の一言、だった。

ＢＰＭは推定２２０。ほぼ1秒で４拍。普通に暮らしてたらまずお目にかかれない超スピードだ。

みるみるうちに大量のマーカーが空中に生成され、カイトに向かって降り注ぐ。捌《さば》ききれず、カイトはマーカーに体を貫かれる。

唖然《あぜん》としてその光景を見守っていた時間は、わずか10秒にも満たないだろう。

「うわー、もうダメだー」

彼が悲鳴を上げた途端、バツン、と音がして、音楽は中断され、ブレーカーが落ちるみたいに辺りが暗くなった。

唯一光を発している白枠のウインドウには、「NOT CLEAR《ノット クリアー》」の文字が、チカチカと点滅していた。

やがて、照明が回復する。

「……そんな」

と、ルカが息を呑《の》んだ。

信じられない光景が広がっていた。

カイトの姿が、消えていた。さっきまで立っていた場所には、持ち主を失ったコントローラが、地面に落ちて転がっている。

「……どういうことだよ、おい」

ぼくの呟《つぶや》きに、ためらいがちに答えたのは、ルカだ。

「さっき、世界のルールをDIVAのルールが乗っ取っている状態だ、って説明しましたよね」

「もしかして……。現実世界に影響するのは、モジュールやルームだけでは、ない？」

ゲームでの敗北も、実際の体にフィードバックされる。つまり。

「負けたら、消える……」

さっきの黒板の図を思い出す。

横線に乗っかった2・5次元——DIVA空間の丸。

その丸からカイトが弾き出されて、下の「二次元」に転落していくイメージ。

「き、消えるって言っても、ソングエナジーを借りて実体化していたのがこの空間から弾き出されるだけですから、死ぬってわけじゃないですけどね！」

取り繕《つくろ》うルカだけど……でも、消えたのは事実だ。カイトはもう、このゲームをプレイできない。

そこまで考えて、ふと、思い付いた。

「もしさ……ぼくが負けた場合にはどうなるんだ？」

尋ねると、ルカがぽんと手を叩く。

「ああ、そうですね！　三次元の人間なら、特に存在が消えるってことはないかと――」

「消えるんでしょ。リンの記憶が」

口を挟んだのは、メイコ。

「彼のリンの記憶をソングエナジーに変換して、このＤＩＶＡ空間を作ってるって言ったじゃない。じゃあ、負けた結果そのソングエナジーが吹き飛べば、大本《おおもと》の記憶も消えてなくなっちゃう。その時点でゲームオーバーよね。違うかな、ルカ」

「……確かに、そうなる可能性もありますね」

顔をしかめて、納得するルカ。

とんだデスゲームになってしまった。全員が、残機ゼロ。

嫌な沈黙が、場を包んだ。

ぽつりと、ぼくは疑問を口からこぼす。

「……そもそもさ、リンちゃんが消えてしまった元凶《げんきょう》って……なんなんだ？　世界から消えるって、そんな大変なことがそう簡単に起こるはずないよな」

「案外、あいつ自身が元凶だったりしてな」

笑い混じりにそう言ったのは、今までずっと黙って距離を取っていた、レンだ。リンちゃんと同じパッケージの、男声ボーカロイド。

「あいつは暴走しがちな奴《やつ》だからさ。いっつも俺たちは、あいつの起こしたトラブルに巻き込まれるんだ。そういうパターンじゃね？」

「リンちゃんはそんなことしない！」

突然そう声を張り上げたのは、ミクだった。

「あの子は天使なんだよ！　悪いことするはずないじゃん！」

「……ミク姉、何ムキになってるの？」

表情を変えないレンを、ミクは睨む。

なんだか雰囲気がカリカリしてきた。どうすりゃいいんだ……。

そんな皆の間を、芯《しん》の強い声が吹き抜けた。

「あんたらさ、答えが見つけようもないのに、ゴチャゴチャ言ってても仕方ないでしょ」

「メイコ！」

「いいよ、あたしがやってやるさ。……カイトの仇《かたき》も取らなきゃいけないしね」

ぼそっと呟いたのが、たぶん一番の動機なんだろう。その顔色は氷のようだった。

ぽき、ぽき。拳を鳴らして、彼女は、石の床に転がったままのコントローラの元へと足を踏み出す。

ぼくは思わず、彼女の肩を掴んだ。

「メイコ。落ち着いて」

彼女は、はっと目を見開き、やがてその顔に、少しだけ表情が戻った。

「ありがとね。ちょっと頭に血が上りすぎてた。対策は取るよ」

そう言って彼女は、腕をまっすぐ前に伸ばし、空中に手をかざす。

彼女の身体の前面に、青く光る盾のようなものが現れた。

「……こういうのは性に合わないんだけどね。負けたら終わりってなら、この際使うしかないか」

「それは?」

「コンボガード」

それだけ手短に言って、彼女はコントローラを手にした。

「ゲームの進行をサポートする、ヘルプアイテムのひとつです。ボタンを叩くタイミングがずれてしまった時に、30回だけ防御してくれるんです」

横から解説が入った。ありがとうルカ先生。

——勝ってくれよ。

メイコを見つめる。彼女はすうっと息を吸い、黄色いスタートボタンを押した。

「じゃ、いっちょやりますかね……!」

マリンバの音が、ルームに響きはじめた。

初っぱなから襲いかかるマーカーを、メイコは厳しい顔で捌《さば》く。

マリンバに、ピアノが乗った。やっぱり人間には弾けなさそうなスピードの演奏で、見てるこちらも鼓動が速くなってしまいそうだ。

彼女の正面で輝いているコンボガードの盾が、ミスの度に少しずつ削《けず》られる。ヒビが入り、欠片《かけら》が飛ぶ。

それにしてもこの曲はボーカルがない。インストをずっと聴いてるような気分になる。

……そもそもこれは「歌」なのか？　歌だとしたら、誰の持ち歌になってるんだ？

1分ほどが経過した。相変わらず歌は入っていないが、間奏らしきパートに入った。

スクラッチを示す星形のマーカーと、同時押しを示す矢印形のマーカーが間断《かんだん》なく現れる。この2つのアクションは切り替えるのが難しい。

対応しきれず、最後のコンボガードが、弾け飛んだ。

「くっ、こんなところで……！」

やけくそに叫ぶメイコ。けれどマーカーは容赦なく、彼女の元へ襲いかかってきた――。

残された、コントローラ。

曲の最後に辿《たど》り着くことすらできなかった。あのメイコですら。

「ううー」

ミクが悔しそうに俯《うつむ》いている。

最強のボーカロイドが倒された今、クリアへの壁は途方もなく高く感じる。

譜面《ふめん》が最後まで確認できれば、今後の対策も取れたかもしれない。けれど、今やそれも叶《かな》わない。

……次、誰が行く？　そう言いたげに、ミクがこちらを見回す。

つられてぼくも皆の顔を確認した。

ルカは眉《まゆ》を寄せて俯いている。

レンは……つり上がった目で、ぼくを凝視《ぎょうし》している。

「……レン、くん？」

思わず、くん付けにもしちゃいますって。

「あのさ。言っておきたいことがあるんだけど。なんであんたは俺を使わないんだ？」

「え……このゲームでの話？」

「普段の、曲作りでの話」

「いきなりなんだよ」

「答えろ」

有無を言わさない眼力で、凄《すご》まれた。

レンの指摘どおり、ぼくはボーカロイドライブラリ『鏡音リン』『鏡音レン』両方を持っているにもかかわらず、普段使っているのは『鏡音リン』だけだ。

その理由は、ぼく自身よくわかっている。

ぼくの曲は、ツンデレの歌が多い。そして、その歌はどこから湧き出てくるのかといえば、ぼくの心からだ。素直に気持ちを出すのが苦手な自分を、歌詞として吐き出して歌にするのが、ぼくの曲の作り方だ。

ぼくは、レンから目をそらして、話す。

「……レンは男だろ。なんだか自分を過剰に反映させちゃうんだ。鏡を見てるみたいなもんだ。年を取らないボーカロイドにはわかんないかもしれないけどさ、ぼくだって、14歳の男の子だったことがあるんだぜ」

レンを主人公にすると、自分語りみたいになって、生々しくなってどうしても筆が止まってしまう。でも、それをリンちゃんに歌わせると、いい感じに距離ができて、理想を理想のまま曲にすることができた。

「レンが鏡なら……リンちゃんは理想。そんな感じなんだよな」

「へえ……理想、ねえ」

ハハッ、とレンが眉根《まゆね》を寄せて笑った。

「俺はそんなふうに考えたことないぜ。鏡っていうなら、むしろリンが俺の鏡だ」

「……『鏡音』の名前通りだな」

「ま、だからさ、鏡を見るとうんざりするっていうのは、結構わかるぜ」

さっきも、リンちゃんが暴走しがちだ、って愚痴《ぐち》ってたっけ。

ぼくの『鏡音リン』像と、レンの『鏡音リン』像は違う。他の皆にとっても……それぞれにとっての、いろんな『鏡音リン』があるんだろうな。と、そんなふうに思った。

「……レンは、リンちゃんが嫌いなのか？」

「なわけねえだろ」

ゲシ、と蹴《け》りを入れられた。くそっ、この反抗期！

ぼくが睨むと、レンはすっと前に飛び出す。

「リンを取り戻したいのは俺も同じだ。だから……今は味方同士だ」

そう真面目《まじめ》な顔で呟くと、彼はコントローラを手に取り、ヘルプアイテムを呼び出した。薄い泡のような膜が、レンの身体を覆う。コンボガードの盾とは違う形だ。

レンがこちらを見て、笑う。

「あとは任せた」

「は？　なんで始まる前から諦めて――」

曲が始まった。襲いかかってくるマーカーに対して、レンはまったく動かない。マーカーがレンの身体を貫く。何やってるんだよ、それじゃあ判定が……！

と思ったのだけれど、ふわりと浮かんだ判定文字は【SAFE】。

隣でルカが叫んだ。

「……ヘルプアイテム『プレイアシスト』！　途中でゲームオーバーにならず、かわりに曲が終わってもクリア扱いにはならない……」

「ルカ姉、解説はいいからさ、見ててくれよ。しっかり譜面を覚えて、クリアしてくれ。俺からの頼みだ」

レン、お前……なんて奴だ。

最初からクリアは度外視《どがいし》。譜面を確認することに専念して、後のプレイヤーに勝利を託したのか。

ぼくは、こみ上げてくる感情を抑え込んで、降り注ぐマーカーを見据えた。少しでも譜面を頭に刻み込めるように。レンの願いを、継ぐことができるように。

やがて、マリンバが高音から低音へと下ってゆき、クールダウンする。

ちゃんちゃん、と気の抜けた締めで曲は終わった。

メッセージウインドウには【NOT CLEAR】の表示。それを確認し、もう一度レンへと視線を移そうとした時……彼の姿は、もうすでにそこにはなかった。

レン。お前はよく戦った。

ぼくは、床のコントローラをじっと見つめながら、後ろにいる二人に呼びかける。

「……ミク、ルカ、絶対にクリアしよう。リンちゃんを助けよう」

「惜っしーい。もうちょっとだったのにねー」

「……は？」

背中越しに返ってきた声は明るくて、とてもレンのプレイを見た後のものとは思えなかった。

ミクとルカに、向き直る。

二人の顔に浮かんでいたのは、哀《かな》しみではない。笑みの表情だ。

ピカッと光が二人を包む。ＲＰＧっぽい風景もまた、粗いドットに巻き込まれて、その景観を変化させる。

ルームチェンジだ。

気がつけば、そこは黄色いリンちゃんルームだった。

リンちゃんルームって何だよという感じだが、実際そうとしか言いようがない。所狭しと飾られた家具には——時計、テレビ、電話にサボテン——あらゆるものに、リンちゃんのトレードマークの、あの白いリボンがくっついているのだ。

棚にはリンちゃんの人形がずらりと並べられている。壁の薄緑色のコルクボードにびっしりと貼《は》られているのは、やはりリンちゃんの写真。

部屋の形はドーム状。中央には、ステージ……というか丘みたいな小高い盛り上がりがあって、丘のてっぺんにもやはり、人ひとりぶん以上の大きさの白いリボンがついている。

そんな異様な部屋の中、充実した表情でポーズを決めて並んで立っている、ミクとルカ。

白いひらひらワンピースにセーラーカラー。リンちゃんのデフォルト衣装をアレンジしたような服を着ている。頭にも、やっぱりリボンが揺れていた。

ぽかんとしているぼくに、ミクとルカは胸の前でガッツポーズみたいに腕を構え、叫んだ。

「リンちゃん愛し隊1号！」

「リンちゃん愛し隊2号！」

とても幸せそうな笑顔だ。……ここに病院を建てたい。そう思った。

「もう邪魔者はいなくなったねっ！」

「みんなを消すつもりはなかったんですけどねー。もうっ、あなたがさっさとゲームに負けてくれなかったせいですよ？」

「……ミク？　ルカ？　何言ってるんだ」

「違いますっ！　ここでは愛し隊1号と」

「2号」

「と呼びなさいっ！」

息ぴったりにこちらを指さし、それから二人で「ねー」と手を合わせる二人。

「……えーとさ、ミク、ルカ」

たわごとは無視する。ちぇー、って二人が声を揃えた。

「つまり……黒幕はお前たちだった、ってことか？」

「That's right!」

「えっへへ、ボクたちの目的を教えてあげるね。あなたのソングエナジーを吸い取って、リンちゃんの記憶を世界から完全になくせばね……リンちゃんは目を覚ますのっ」

「そう。不完全な概念《がいねん》の集合体ではなく、あなたのパソコンにも縛られない、完全な実体として、リンちゃんを再生させる。これが私たちの目的です！」

さっぱりわからなくて、ぼくは口を開けて二人を見上げた。

しょうがないなー、とミクは頬を膨らませる。

「あのさ、リンちゃんは二次元の存在だよね。つまり、三次元のあなたたちからすれば、想像の産物……妄想でしかないじゃない？　そのせいで、リンちゃんのイメージが拡散しすぎちゃうの。これじゃない！　っていうリンちゃんもたくさん出てきちゃう」

くるくると楽しげに回りながら、ミクとルカが語る。

「だから、DIVAの力でリンちゃんの痕跡を世界から消し去って、枝分かれした存在を1本に束ねるんです。盆栽の、剪定《せんてい》みたいなものね。そのために選ばれたのが、あなたのリンちゃん！」

「本物リンちゃんかわいい！」

「かわいいっ！」

きゃあきゃあ盛り上がるミクとルカ。

「ね。あなたもリンちゃんが好きなら、わかるでしょ？　好きな子を独占したい気持ち……」

「……悪いけど、ぜんっぜん理解できない」

1号
2号

ぼくは、吐き捨てた。

「同じキャラでも見た目や性格にバリエーションがあるのが、ボーカロイドのいいところだろ」

けれど、ミクは平然としている。それどころか、大きく頷いた。

「うん！　その通りだよね！　色んな性格のリンちゃんがいるのって素敵だと思う！　だから、ほら見てよ！」

ミクは手を大きく広げ、壁のコルクボードにピン留めされた写真を指し示す。

「この部屋にいるとね、リンちゃんのことがよくわかるようになるの。ここではないたくさんの時空で、ボクたちは色んなリンちゃんを見つけた。ボーカロイドの子だけじゃない。不器用な歌い手。魔性の声を持つ転校生。機械仕掛けの魔法少女……。みんなみーんな、かわいいかわいいリンちゃんだよ」

「ここでの一仕事が終わったら、次は他の子たちを集めに行くんだよ、ねー」

「ねー」

満面の笑顔の、ミクとルカ。

何か違う。ミクとルカが言っていることは、どこか間違ってる。

「……なんでぼくに、それを話したんだ?」

「やっぱり、フェアに行けるならそうしたいじゃない。わけもわからず記憶を失うよりは、自分で選んで、納得して、ソングエナジーを明け渡してほしいなーって」

「それに、あなたに選択肢はないと思いますよ？　どうせクリアできるような難易度じゃないですし、練習しようにも、一度失敗したらそこでゲームオーバー」

悔しいけど、彼女らが言うことは真実だ。

押し黙るぼくに、ミクは苦笑した。

「もしかして、記憶がなくなるっていうのが嫌なのかな？　じゃあこうしよう！　あなたがソングエナジーを明け渡してくれたら、D－VAの力を使って、あなたにも最低限の記憶を戻してあげる。そうすれば、本物のリンちゃんに、あなたが会えるようにしてあげられるよっ」

そんなことを求めてるわけじゃない。

ぼくの答えがないとわかると、ルカは首をすくめて、

「まあ、ゆっくり考えてください。納得できる答えが出たら、また私たちを呼んでね」

ぐるぐるとコマのように部屋が回転を始める。回転が速まるごとに景色は溶けてゆく。

そして気がつくと、ぼくは自分の家のリビングに一人佇《たたず》んでいた。

＊

外はすっかり暗い。

テレビには、D－VAのメニュー画面が映っていた。

パソコンを開く。

今まで作ってきた曲のプロジェクトファイルが、ハードディスクに保存されている。リンちゃんの声は失われてしまったけれど、ぼくのDTM活動の、大事な軌跡だ。

ひとつひとつ再生するごとに、思い出が蘇《よみがえ》る。

ニコニコ動画で、やたら話題になっている合成音声の歌声を初めて聴いた時のこと。

最初は機械の声なんて不自然だと思った。人間には敵わないだろうって思った。でも、疾走感のあるバンドサウンドをバックに歌うミクはとても自由で、曲を作ってる人たちはみんな楽しそうで、ぼくは自分もこんな世界に飛び込みたいと思った。

年の暮れに、新しいボーカロイドが出るって聞いた。しかもひとつのパッケージに男声女声がセットでついてくるという。なにそれミクの2倍お得じゃん、なんて思って買ってみた。

さっそく家に帰って歌わせてみた。

自分の歌を、この子が歌ってくれる。パソコンの向こう側に命が息づいている。そんなふうに感じた。

ネットには続々と動画が上がっていく。

鏡音リンの持ち物は黄色繋がりでロードローラーだ、と誰かが言ったら、それを受けたネタ曲が作られた。暴走癖のイメージが強まっていく一方で、しっとりとしたバラード曲が話題にもなって、可《か》憐《れん》なイメージもついた。かと思えば、コブシの効いた演歌を歌ったり、過剰な声の加工で人工物らしさを強調したり、掠《かす》れた声で爛《ただ》れた恋を歌ったり。

沢山の人たちが思い思いに作った作品が、相互に結びついてゆく。

身長・体重・得意な音域だけしか設定されていなかったキャラクターに、命が吹き込まれていく。

あるときは思春期の少女。あるときは国を滅ぼす悪の王女。あるときは電子の妖精《ようせい》。

曲が話題になれば、そこに絵を描いたり、アニメーションをつける人も出てくる。たくさんの派生作品によって、イメージは多様化すると同時に鮮明化してゆく。

その多くの表情の、新たな一面を作ることができたら。そう思ってぼくは曲を作って上げた。

それはあまり大きな影響を与えるまでにはならなかったけど。

大成する作品は、植物の果実みたいなものだ。それに比べればぼくの存在はちっぽけで、結局、枝葉に過ぎない。そう思って、諦めたこともあった。

——そうだ。

だからこそ。ちっぽけな枝葉だからこそ、ぼくには戦う理由がある。

ミクとルカの言うことは間違ってる。ぼくは戦って、それを証明しなきゃいけない。

「……？」

ふと気づいた。デスクトップに、見慣れないファイルが置かれている。

vsqファイルが、ふたつ。

最初のファイルを開いて、ボーカロイド・エディタで再生してみる。

『少しだけ干渉できた。リンを頼んだ』

レンの声が、そうメッセージを告げた。

そうか。パソコンにライブラリが残っていたから、たとえDIVAでソングエナジーを失っても、まだこちらと対話することができたのかな。

もうひとつのvsqファイルを開いて――ぼくは、息を呑んだ。

再生ボタンを、押す。

レンの声が、リズミカルにマーカーの形状を読み上げた。

……これは、あの曲の。DIVAでぼくらを苦しめた曲の、譜面だ。

さすがにオケはついていないけれど、それでも充分だ。これを使って練習すれば、きっとあの曲だって攻略できるはずだ。

ぼくは、再生されるレンの声に合わせて、機械のように指を動かした。

タンタンタン、タンタンタン、タンタンタンタンタンタンタン。

……レン、ありがとう。お前の意志を、ぼくは絶対無駄にはしないよ。

次は――勝ってやる。

＊

「答えは決まりましたか？」

リンちゃんルームで、ルカが言った。

ぼくは、立ちふさがる二人をまっすぐに見据えて答える。

「この曲は、絶対にクリアする。勝って、リンちゃんを取り戻す」

「……なんでそんな自信あるのかわからないけど、結果は決まってますよ」

そうだな、結果は決まってる。やればわかるはずだ。ぼくはコントローラに指を乗せる。

そしてスタートボタンを押す前に、ふと気づいた。

「なあ、ヘルプアイテムはどうやって出すんだ？」

「……そんなのあったっけ？　ねー」

「ねー」

わざとらしく肩をすくめる二人。

悔しいけど、やっぱりここは彼女らのフィールドだ。従うしかない。

練習量は充分なはずだ……きっと。そう信じよう。覚悟を決めて、スタートボタンを押す。

マリンバのイントロから、曲が始まる。部屋がメリーゴーランドのように回転しはじめる。

さあ、勝負の時だ！

飛んでくるマーカーのスピードは速いが、慌てずにボタンを押し込む。

【COOL】【COOL】【COOL】！　【COOL】【COOL】【COOL】！

「……嘘《うそ》!?　マーカーを見ずに撃ち落としてる!」

「ええーっ、なんで!?　どうして!?」

どうだ、驚いたか。

タイミングはvsqで何十回も、何百回も確認した。目を瞑っていてもボタンが押せるくらいにイメージトレーニングを重ねたんだ。

とはいえ、やはり本番は練習とは違う。完全に機械のようには動けない。どうしても発生するミスが積み重なり、徐々にソングエナジーを削られてゆく。

「なんでそんなに頑張るの!　観念したら!?」

ミクの叫び声が聞こえる。マーカーを捌くのに忙しくて顔までは見てられない。

「リンちゃんが本物になったら嬉しいでしょ!　会わせてあげるって言ったでしょ!　もう諦めなよっ」

「やだね」

──四角が7連発。最後に三角同時押し。

「お前たちは間違ってる」

──丸、丸同時押し、三角2回、四角同時押し、バツ、四角同時押しから丸同時押し。

「この事件の犯人捜しをしたときに、ミク、お前は『リンちゃんはそんな悪いことはしない』って言ったね」

——スクラッチで、左、右、左、右。

「それってつまり、独善《どくぜん》だろ。結局お前たちは『お前たちの好きなリンちゃん』を選んでるだけじゃないか。果実だけ残して、枝葉を刈り取るようなもんだよ」

——丸、丸同時押し、三角四角三角四角、バツ同時押しを2回、丸同時押しに四角。

「剪定だって？　何様だよ。大きく実った果実は、その下にあるたくさんの作品に支えられてる。その枝葉を、誰にも否定なんてさせない」

——丸長押しからバツ、もう一度丸長押しからバツ。

「ぼくはどんなリンちゃんでも好きだ。ほかのPが作る曲、絵師や動画師やコスプレイヤーや歌い手や……いろいろな人が生み出す世界……どれもまとめて好きだ！」

——四角長押し、バツ長押し、三角長押し、丸長押し。

「リンちゃんはかわいい。確かにそうだよ。とてもかわいい。でもそれは、『かわいいリンちゃん』を選別して言うべき言葉じゃない」

——スクラッチの連続から最後に丸同時押しを、3、3、7のリズムで。

「悪い子のリンちゃんだっていいじゃないか。無限に広がる表情をひっくるめて、全部かわいい、で全肯定すればいいじゃないか。『リンちゃんがかわいい』じゃない。『かわいいがリンちゃん』でいいじゃないか！」

——丸、丸同時押しからバツ2回、四角同時押しから三角2回、丸と四角を同時押し。

「未来にどんなリンちゃんが生まれるかわからない、そういう世界全体を守ることこそが、リンちゃんを守ることなんだ！」

……なんて。

威勢のいいことを言ってはみたものの、実力不足は、根性だけじゃどうにもならない。

目の前が、赤くチカチカする。ソングエナジーが残り少ないという危険信号だ。

せめてコンボガードが使えれば良かったんだけど。あるいは……「リカバリー」が欲しかったかな。

ソングエナジーがゼロになっても、一度だけ復活できるヘルプアイテム。

だが、現実は非情だ。

【FINE】【FINE】【SAFE】【SAD】【SAFE】【WORST】……

くそっ――

ソングエナジーが、ゼロになった。

バツン、と目の前が暗くなった。


――……。


どこからか、声がする。

なんて言ったんだ？　君は誰だ？

張りのある声。リンちゃんの声に似ている。

だけど、ぼくのパソコンのリンちゃんとは何か違う気がする。

——悪い子でごめんね。

そう言ってるように聞こえた。うわごとみたいにぼくは返事する。

なんだよ。さっき言っただろ。悪い子のリンちゃんでもいいんだ。どんなリンちゃんだっていいんだって、言っただろ。

えっ、何か言った？　何だって？　聞こえないよ。

ぼくは耳を澄ます。光の中に溶けて消えるように、声が残った。

——あ、り、が、と、う——？


視界が、戻ってゆく。

ここはリンちゃんルームだ。

驚愕《きょうがく》に目を見開くミクとルカの顔が見える。

ソングエナジーが身体に戻ってきているのを感じる。

これは……この効果は、「リカバリー」？

目の前にマーカーが飛んできた。ボタンを叩いて弾き飛ばす。

【COOL】の文字が浮かんだ。

……ゲームが、続いている。

ぼくは気を引き締め直した。どうやらまだチャンスはあるらしい。まだ戦える。

しかも、もう譜面は終盤戦。ここまで来ていれば、あとはもう少しだ。大きなミスさえしなければ、いける。

そう自覚した瞬間、鼓動が速くなってきた。けれど頭は不思議なくらいに冴《さ》えている。続いて飛んできたマーカーを、軽く弾き飛ばす。【COOL】！

「しっ、信じられない……！」

「こうなれば実力行使で！　武器です武器っ！」

ちょ、え、何？

物騒な言葉に、思わず二人のほうを見てしまった。部屋の中央の、リボンの生えた黄色い丘の上で、ミクとルカがわなわな震えていた。

そして二人の手がカッと光ったかと思うと、手元に武器が召喚される。

って。

……ハリセン？

たぶんぼくは呆《あき》れ顔になってたと思う。

ミクが、恥ずかしそうにばたばたハリセンを振り回して叫んだ。

「DIVAには武器っぽいアイテムこれくらいしかないのっ！」

そりゃ平和なゲームだこと。マーカーは鬼畜《きちく》だけどさバツバツ四角同時押し！

「とにかくっ、食らえーっ！」

ハリセンを横一文字に構えるミクとルカ。マーカーを捌きながらぼくは身を固くする。やばい！どんだけ平和な武器でも、物理的に邪魔されたらクリアできなくなる！

……と、焦ったとき、それは起こった。

地鳴りだ。

「なっ、何!?」

「どうしたの、何これ！」

部屋の床が割れ、そして部屋中央の丘が、だんだんとせり上がってゆく。

リンちゃんルーム最大のギミックが、今明らかになる。

黄色い丘だと思っていたのは、なんと、巨大なロケットの――リンちゃんの形をしたロケットの、頭頂部だった。

せり上がりながら、現れたご尊顔は三白眼を剥《む》いていた。ド怒りだ！

ロケット頂上で、ミクとルカは目を丸くして互いを抱き寄せあう。転ばないように足を踏ん張るのがやっとで、逃げられないようだ。って、そっち見てる場合じゃないんだけどさバツバツ四角、丸丸四角、三角三角丸丸バツバツ四角！

ロケットが浮上するのにともなって、部屋の天井も、ゴゴゴと音を立てながら割れた。リンちゃん型ロケットは、そのまま空へと飛んでいく。

「きゃあああああああああぁぁぁぁぁぁぁぁ……」

ミクとルカの悲鳴が、頭上へとフェードアウトしていった。

呆然《ぼうぜん》としてる暇はない。ここからがラストスパートだ。同時押しの連続さえ耐えしのげば、この曲は攻略できる。

タンタンタン、タンタンタン、タンタンタンタンタンタンタンタン。

その特徴的なリズムを繰り返すうちに、なぜだか口が動いていた。

「……リンちゃんなう」

冷静に考えれば、頭の悪い響きだ。でも気にならなかった。

リンちゃんを取り戻すための戦いは、もうすぐ終わる。ぼくの、ぼくたちの勝利だ。

なう。

「リンちゃんなう！」

今ここに在れ。

そんな気持ちが、歌に乗る。

帰っておいでよ。リンちゃん。

どこまでいっても非実在の存在で、姿も性格もあやふやな、そんなきみだけど。

だからこそ、きみは愛《いと》おしい。

「リンちゃんリンちゃん、リンちゃんリンちゃんなう！」

ぼくの元に、虹色《にじいろ》に輝く、ひときわ大きな星形のマーカーが飛んできた。
これがラストのマーカーだ！　ぼくはアナログスティックを弾いた。
シンバルの音が高らかに響き、マーカーが消し飛んだ。

星のマーカーから光が溢れる。
光はどんどん強くなって、部屋に満ちていった。
歓声が聞こえる。
光の向こうに、ボーカロイドの皆がいた。
カイトが両手を振り回しながらぴょんぴょん飛んでいる。
メイコがガッツポーズを取って、鬨《かちどき》の声を上げる。
レンが腕組みをして、ニッと口の端を上げてウインクする。
ミクとルカが、抱き合ってじたばたしている。
そして、まばゆい景色の中で、無機質な声が響き渡った。
【モジュール「鏡音リン Future《フューチャー》 Style《スタイル》」が解放されました】
それは、リンちゃん本人の声のようにも聞こえた。

エピローグ

夢を、見た気がした。

＊

目覚まし時計の音で、目が覚めた。

4月も半ばとなれば、スギ花粉の量もピークに比べるとまだマシだ。寝起きに感じる目の痒《かゆ》みもだいぶ収まってきた。さあ、一日の始まりだ。

リビングに降りると、見慣れない女の子がテレビの前でPS3のコントローラを構えていた。

長い金色の髪の毛に、セーラー服。ぱっちりした目がこちらを見つめる。落ち着いた雰囲気の、綺《き》麗《れい》な子だ。

どなたさまでしたっけ、と思って硬直してたら、その子はにっこり笑って、

「おはよう、マスター」

「リ、リンちゃん？　何でいきなり成長してんの!?」

長らく一緒に過ごしてきたけど、彼女はずっと設定年齢の14歳のまま、変わらなかったはずだ。

けれど彼女は平然と言う。

「これ、モジュールだよ。D《ディ》I《ー》V《ヴ》A《ァ》でたくさん曲をプレイしてたら、このモジュールが出てねっ」

テレビには、サイバーな曲選択画面が映っていた。そこに映されている『鏡音リン Future《フューチャー》 Style《スタイル》』の姿は、目の前のリンちゃんと同じ、成長した姿だ。

そうか。昨日《きのう》、大学で友人に勧められて、ゲーム機ごとDIVAを買ってきて、リンちゃんと遊んだんだっけ。

「パソコンの画像だけじゃなくて、DIVAのモジュールにも変身できるんだな」

「え、うん。昨日言ったでしょ？　あたしDIVAのモジュールと互換性あるみたいだって」

何で知らないのと言いたげな顔のリンちゃん。

そうだっけ？　と首を捻《ひね》ってたら、母さんがキッチンから口を挟んだ。

「あんた、就活中なのにそんなゲーム買って、大丈夫なの？」

「んー、まあ大丈夫だと思うけど……」

そう。大学4年の4月というのは、そういう時期だ。

どうしてゲームなんて買っちゃったんだっけ……。何か、大事な理由があったような気がしたんだけど。

「それでさ、ね、マスター」

ぼくの思考はリンちゃんに中断された。

彼女がぼくの瞳《ひとみ》を見つめる。長い髪の毛が蛍光灯を反射して、きらきら光った。

「今日はこのモジュールで過ごしていい?」

「あっ……ああ」

その大人《おとな》びた姿に思考を奪われて、ぼくはただ頷《うなず》くことしかできない。


朝食の最中、ぼくは食べ進めるのを忘れて、リンちゃんの指先に見惚《みと》れていた。

彼女の手元には、ピンクのお茶碗《ちゃわん》。

何故《なぜ》か、申し訳なくなってきた。お茶碗の子供っぽいデザインと、それを支えるすらりと細い指は、あまりに不釣り合いだ。

「それで……マスター、聞いてる?」

「ああ……うん?」

リンちゃんの声で、はっと現実に戻った。

もー、って怒る仕草は、もちろん14歳のリンちゃんと同じなんだけれど。どう接していいかわからないんだよ。言葉少なになっちゃうくらい大目に見てほしい。

「で、何の話だっけ」

「あのね。昨日、変な夢を見たんだ」

「へえ。ボーカロイドも夢を見るんだな。電《でん》気《き》羊《ひつじ》の夢か何か?」

「茶化さないで聞いてよ。それがね――」

彼女が語ってくれたのは、実に奇妙な夢だった。


夢の中で、あたしは別のリンだったんだ。

ボーカロイドじゃない、普通の女の子。

リンは、妄想するのが好きな子だったの。音楽プレイヤーにイヤホンを差して、音の世界に入り浸る、夢見がちな子。

妄想の中で、リンは色んな世界に旅をした。色とりどりの世界に、自分とは違うリンがいた。何度もそれを眺めてるうちに、だんだん、妄想がリアルな感じを帯びてきた。

それどころか、不思議なことが起き始めた。たとえば、別の世界のものであるはずの歌が音楽プレイヤーに入ってきたり。リンの現実と妄想の境界は、だんだんと溶けていったの。

そのうちリンは、自分が何なのかよくわからなくなっていった。

別の世界のリンは、大体みんな、いい子なの。『リンちゃんマジ天使』とかなんとか、褒《ほ》められてるリンたちを見て、リンは悲しくなった。自分はそんなリンにはなれないって思った。だってリンは悪い子だから。嘘《うそ》ばっかりつく子だから。

それで、リンは、全部壊れちゃえって思った。妄想の中のキャラクターの性格をねじ曲げて、自分の代わりにその世界を壊してもらおうとしたの。

そんなときに……イヤホンから、誰《だれ》かの声が響いてきたの。

「……そこで、目が覚めた」

「イヤホンの声は、なんて言ってたの？」

リンちゃんは首を捻って「わかんない」と言った。

「変な夢だな」

「変な夢だよね」

でも、なんだかその夢の中のリンの気持ちは、ぼくにも分かる気がした。

「……全部壊れちゃえ、か」

2年前を思い出す。

あの日、ボーマスで広いボカロ界や有名P《ピー》を見て圧倒され、越えられない壁を感じたぼくは、パソコンにインストールされたＤＴＭ関連のソフトを、全部消したくなった。

たぶん夢の中のリンは、あの時のぼくと同じ気持ちだったんだ。

ぼくが救われたのは、他《ほか》ならぬ、リンちゃんにぼくの作った曲を肯定してもらえたからだ。

「最後にイヤホンから聞こえた声が、そのリンをありのままに認めてくれるものだったら、いいよね」

ぼくがそう呟《つぶや》いたら、リンちゃんは、ふっと笑みを湛《たた》えた。

「うん。そうだね」

会話をしてるうちに、食事も終わりだ。ごちそうさまと手を合わせた。

皿洗い当番、母さんは昨日だったけど、今日《きょう》は誰だっけか。

リンちゃんの顔を見ていると、大人びた綺麗な女の子に皿洗いなんかをやらせるのが、なんだかいけないことみたいに思えてくる。

それでお皿へと手を伸ばそうとしたら、指同士が触れた。

「お皿洗うね」

「あっ、ぼくがやります！」

咄嗟《とっさ》にぼくの口から飛び出たのは、何故か敬語。

それがなんだかツボだったみたいで、リンちゃんがクスクスと笑い出す。

「揃《そろ》ったね」

うん、声が揃った。はは、とぼくは照れ笑いをした。

皿洗いを終えて、パソコンを開く。

残念なお知らせがあった。二次面接まで辿《たど》り着いた企業の、不採用通知。

「あ、くそー……」

「次があるよ、ねっ」

頭を抱えるぼくに、リンちゃんが慰めの言葉を掛けてくれた。

「……でも、羨《うらや》ましいな」

「何が？　不採用が？」

顔を上げる。リンちゃんは長い睫毛《まつげ》を伏せて、壁を見つめていた。

「だって、あたしを買ったときのマスターは高校生だったのに、大学に入って、もうすぐ就職しちゃう。なのにあたしは変わらないままで……」

あ、と気づいた。だから今日のリンちゃんはずっと「成長リン」のモジュールなわけだ。

彼女の横顔に、声を掛けた。

「リンちゃんは、変わらなくていいんだよ。その分、ぼくたちが頑張るからさ」

ぼくや、イケメンPや、友人や、他にもたくさんの人たちが、この世界にはいる。

「ぼくたちの創作活動の輪の中で、キャライメージがずっと増殖し続ける。……それが、人間でいう成長にあたるんじゃないかな」

そう伝えたら、リンちゃんはとびきりの笑顔を見せた。

「……そっか。そうだね。よろしくね！」

「それにさ、ボーカロイドは楽器だろ」

楽器なら、変わらないからいいんだ。

キーボードやギターがなくならないように。

何十年も前のシンセサイザーや、古いパソコンのFM音源だって、未《いま》だに使う人がいるように。

彼女の声が好きな人がいる限り、ずっと使われ続ける。それが、楽器っていうものだ。

そうだ。ぼくは、リンちゃんの声が、何より好きなんだよ。


そんなことを考えてたら、気晴らしに、作曲したくなってきた。

今の思いを歌詞にして留《とど》めておくのもいいかもしれない。就活のために自重してたけど、ちょっとくらいならいいよな。

「……あのさ。久々に歌ってくれる? リンちゃん」

「あ……うん!」

ブラウザを閉じて、代わりに立ち上げたのは、ボーカロイドエディタ。

こうしてぼくは今日も、活動を続ける。

リンちゃんの歌を、作り続ける。

明日《あす》も、明後日《あさって》も、何年後だって、リンちゃんなう、って言えるように。

あとがき

楽曲「リンちゃんなう！」から入って、「小説化って何だよｗｗｗ」と本書を開いた貴方。ひたすらハイテンションにリンちゃんを溺愛《できあい》する内容だとか思った？　残念でした！でも、イメージとは違ったけど面白かったな、と思っていただけたら、とても嬉しいです。

ボカロって何？　アニメ？　みたいな認識にもかかわらず、何故か本書に巡り会った貴方。それでも楽しんでいただけるよう心がけたつもりではありますが、如何《いかが》だったでしょうか。ボーカロイドの世界って、大体こんな感じです。是非是非、ネットの海で数多の曲や動画に触れて、貴方だけの、新しいリンちゃんや、他のボーカロイドたちの姿を探してみてください。

ボカロに既にどっぷり浸かっていて、貪欲《どんよく》に本書にまで手を伸ばしてみた貴方。この本は、そんな貴方への挑戦状でもあります。小説では、ボカロにまつわる様々なネタを、さりげなく詰め込んでみました。さあ、いくつ元ネタを見つけられるかな？

田村《たむら》ヒロさんの素敵なイラストに惹《ひ》かれて、うっかり本書を手に取ってしまった貴方。

ね。超かわいいですよね！　そんなヒロさんの漫画版「なう」は、同人誌再録に大幅な描き下ろしを加えた単行本「ver.0」が本書と同時発売。また、コミックREX《レックス》でも漫画連載開始です。小説とはまた違う、キュートなリンちゃんが目一杯詰まった田村ワールドも是非ご一緒にどうぞ！

ツイッターでsezu《セズ》をフォローしていて、そこから本書に辿り着いてくれた貴方。

いつものノリで、ただし一編あたりいつもの200倍ほどの長さでお送りいたしました。ツイッターでも引き続き、一編140字の妄想ツイートを続けていくつもりです。よろしくお願いします。

……初めは、なんとなく始めた「リンちゃん～たい」形式のツイートでした。

それが気づけば田村ヒロさんによる同人漫画化、オワタP《ピー》による楽曲化ときて、まさかの小説化。

タケノコみたいに伸びる高下駄にガクブルしながらも、全力で書かせていただきました。

一迅社《いちじんしゃ》編集の塩貝《しおがい》さん、EXIT TUNES《エグジットチューンズ》の吉本《よしもと》さん。クリプトン様をはじめボカロメーカーの各社様、DIVA《ディーヴァ》をキーアイテムとして使わせてくださったセガ様。共に企画を進めたオワタPと田村ヒロさん、あと方言監修してくださったオワタPのお母様。HN《ハンドルネーム》をカミングアウトしたら目の前で延々「なう！」をリピートしてくれやがった両親、他、執筆を支えてくれた方々に、心からの感謝を。

それでは皆様、最後にお手を拝借《はいしゃく》しまして、さあご一緒に。――リンちゃんなう！

www.ssw.co.jp
リンちゃんなう! SSs
発売おめでとうございます!
GACKPOID
がくっぽいど
アーティストボーカル
megpoid
メグッポイド
MUSIC SOFTWARE & DATA
INTERNET
© INTERNET

リンちゃんなう小説化
おめでとう
ございます！
それはとってもうれしいなって★
ユキもキヨテルせんせいも
よろこんでいます♪
これからもユキたちボーカロイド
のこと、おうえんよろしくね！
株式会社AHS　歌愛ユキ
AHS
www.ahs.com

「リンちゃんなう！SSs」発売おめでとうございます！

小説内に登場する妖精を"蒼姫ラピス"にしたいとお話を頂いた時は、はてさてどんな設定になるんだろうと思いましたが、まさかの営業ウーマン！
私の脳内で某作品のキャラクターを連想してしまいました(笑)
小説だけではなく、漫画連載も始まった「リンちゃんなう！ PROJECT」の今後の展開に期待です。
by. 鹿瀬あさ

EXIT TUNES
sezuさん、田村ヒロさん、オワタPさん、
小説「リンちゃんなう！SSs」
＋
コミック「リンちゃんなう」
ダブル刊行、おめでとうございます！
EXIT TUNESのCDもよろしくね！
エグジットチューンズ株式会社
Illustration：左

リンちゃんなう！ SSs《ショートストーリーズ》

2013年4月1日　初版発行

著／sezu《セズ》
イラスト／田村《たむら》ヒロ
監修／ガルナ（オワタP）
発行者／杉野庸介
発行所　株式会社 一迅社
〒160-0022　東京都新宿区新宿2-5-10成信ビル8F
電話　03-5312-7432（編集）
電話　03-5312-6150（販売）
印刷・製本／大日本印刷株式会社
DTP／株式会社三協美術
装幀／今村奈緒美

この作品はフィクションです。実際の人物・団体・事件などには関係ありません。

この本を読んでのご意見・ご感想などをお寄せください

〒160-0022 東京都新宿区新宿 2-5-10 成信ビル 8F
株式会社一迅社　ノベル編集部
sezu 先生・田村ヒロ先生・ガルナ（オワタP）先生

ISBN978-4-7580-4414-1

Printed in JAPAN